Nuit Noire

Fille des Déferlantes

PHILIP REEVE

NUIT NOIRE

FILLE DES DÉFERLANTES

Traduit de l'anglais
par Luc Rigoureau

GALLIMARD JEUNESSE

Titre original : *Utterly Dark and the Face of the Deep*

Édition originale publiée en Grande-Bretagne
par David Fickling Books, 2021

Carte et illustrations intérieures de Paddy Donnelly

Pour ma mère, Jean Rosemary Reeve,
et sa mère, Lilian Whittle,
qui adoraient la mer

N
Les Trois-Soeurs
Pointe de Whitlake
Lac de la Chèvre
Haut Lac
Les Pitreries
Baie de Mawgan
Torrent des Trolls
Pont-des-Trolls
Le vieux fort
Stinhall
Baie de Stinhall
Baie de Compiet
Cap de Stack
Baie de Stack
Porte-couteau de l'Équarrisseur
LES DÉFERLANTES
Tumulus de la Chouette
Stack
La Butte-Noire
Les Éboulis
Dunes
Baie de Marazea
Marazea
Vigie du Crépuscule
Saint-Phocas
Stannary
Cap de Saint-Phocas
Baie de Bon-Port
Butte de Bon-Port
Bon-Port
Récifs des Spillikins

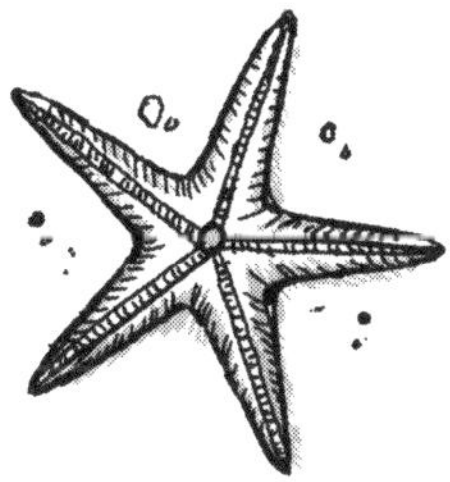

1
La vigie du Crépuscule

Nuit Noire rêvait de la mer. Elle se voyait, telle une mouette, emportée par le vent nocturne, au-delà de la falaise, survoler les vagues dans la baie et s'éloigner à tire-d'aile vers l'ouest et ses profondeurs, là où le monde entier n'est que liquide. La houle brassait les eaux sur des milliers de kilomètres, et les reflets de la lune miroitaient sur la crête des vagues. Quand l'une d'elles montait trop haut et se brisait brièvement en écume, un léger froufrou rompait le silence par ailleurs total.

– Nuit, chuchotaient-elles, Nuit…

Un halo blanc attira soudain l'œil rêveur de la petite fille, qui constata que l'océan s'écartait devant un récif affleurant à sa surface. Des remous agitèrent les eaux, dont les murmures se transformèrent en rugissements.

– Nuit ! Nuit Noire !

Des geysers jaillirent, les vagues reculèrent, pareilles à des draps de marbre liquide dévoilant une vaste masse sombre qui, lentement, très lentement, émergeait des abysses…

Nuit se réveilla en sursaut. Même si le souvenir de son rêve s'estompait, elle entendait encore la mer dont les rouleaux s'abattaient sur la grève avec un roulement de tonnerre lointain. Quittant son lit, elle traversa sa chambre à tâtons pour gagner la fenêtre, au-delà du lave-mains. Elle ouvrit les volets. L'aube pointait à peine, et quelques étoiles s'attardaient au-dessus du cercle d'anciennes pierres levées se dressant sur le cap. Malgré l'heure matinale, elle perçut des voix. Un événement inhabituel s'était produit, dérangeant la routine immuable de la maisonnée. Nuit eut le pressentiment que c'était grave.

C'était peut-être ce que la mer avait essayé de lui dire…

Elle s'habilla sans prendre la peine de se débarbouiller et, pieds nus, emprunta le couloir en direction des murmures.

Dans la cuisine, M. et Mme Skraeveling discutaient avec des hommes venus du village de Marazea. Ces derniers n'avaient pas l'habitude d'entrer dans des lieux aussi grandioses que le manoir de la vigie du Crépuscule. Ils tenaient leurs chapeaux informes entre leurs mains rouges et rugueuses, parlaient à voix basse et timide. Lorsque Nuit apparut, ils se turent et l'observèrent avec méfiance, comme des biches sur le qui-vive.

Mme Skraeveling s'approcha pour prendre la petite fille dans ses bras. Celle-ci devina que le geste était destiné à la consoler. De quoi ? Elle l'ignorait encore.

– Viens avec moi, chaton, dit Mme Skraeveling en l'entraînant au salon.

C'est là qu'elle lui apprit la nouvelle que les hommes avaient apportée de Marazea.

M. Andrew Noire, le gardien des Déferlantes, s'était noyé.

Nuit ne sut trop comment réagir. M. Noire l'avait découverte échouée sur le rivage alors qu'elle n'était qu'un bébé et il avait eu la bonté de la recueillir. Elle aurait eu du mal à affirmer qu'elle l'aimait, car il était d'un naturel trop rigide, sévère et réservé pour inspirer de l'amour. Ça, elle l'avait trouvé chez M. et Mme Skraeveling qui, ravis de s'occuper d'un nouvel enfant à présent que les leurs avaient grandi et étaient partis, le dispensaient généreusement.

Il n'empêche, M. Noire avait toujours été là pour elle, troisième pilier de sa vie. Chaque journée avait débuté face à lui dans la salle du petit déjeuner où, tandis qu'il entamait son œuf à la coque, il la saluait et lui demandait si elle avait bien dormi. Chacune s'était terminée au moment où il grimpait lourdement les marches raides de la tour afin d'y noter ses observations, puis redescendait, au bout d'une heure, pour lire dans son bureau. C'est là que, l'hiver, Nuit passait lui dire bonsoir avant d'aller se coucher. L'été, lorsque la garde se déroulait plus tard dans la soirée, il lui souhaitait souvent une bonne nuit avant de gagner son poste. Alors, la petite fille, allongée sur son lit, l'imaginait là-haut dans les combles et s'interrogeait sur ce qu'il voyait à travers son télescope...

Elle n'avait jamais aimé ni détesté ces rituels, n'y avait même pas songé. Ils avaient juste fait partie de l'existence confortable et paisible qu'elle menait à la vigie. À présent, ils ne se reproduiraient plus : l'œuf du matin, les pas de M. Noire dans l'escalier, les bonsoirs bourrus – tout cela appartenait au passé et, soudain, l'avenir de Nuit semblait très incertain.

À l'enterrement, la modeste église nichée dans les dunes de Marazea fut aussi bondée qu'à Noël. Toute l'assemblée s'était mise sur son trente et un, et Mme Skraeveling avait épinglé un voile de taffetas noir à son chapeau. Les gens étaient venus d'aussi loin que la bourgade de Stack ou de Pont-des-Trolls afin de rendre hommage à M. Noire, car ce n'était pas tous les jours qu'un gardien mourait et, de mémoire d'homme, encore moins par noyade. Pendant le sermon du révérend Bonnefoy, les femmes installées sur le banc derrière Nuit évoquèrent l'affaire avec force chuchotis scandalisés.

– Il paraît qu'il ratissait la plage en quête d'objets, une activité hautement risquée. Le Gorm l'aura repéré, et la mer l'aura avalé.

– Mais il se promenait souvent au bord de l'eau. On aurait pu croire qu'il connaissait les marées, vu qu'il était gardien et tout. En plus, on a trouvé le corps sur la grève, ce qui signifie que le Gorm n'en a pas voulu. Quand il a décidé de te manger, il t'entraîne vers les profondeurs, et il ne reste plus personne à enterrer, on se contente d'un service commémoratif et basta !

La première commère baissa encore la voix, si bien que Nuit eut du mal à distinguer ce qu'elle ajouta :

– On raconte que les poches de son manteau étaient remplies de *galets*...

Nuit ne vit pas le rapport. Il était courant que M. Noire ramasse des cailloux, des coquillages, de vieux bouchons et tout un tas de curiosités qu'il dénichait sur le sable. Elle avait été parfois autorisée à l'accompagner dans ses excursions. Pendant qu'il arpentait le littoral, elle s'amusait à observer les trous d'eau où des anémones agitaient leurs tentacules roses, où les algues ondulaient et s'écartaient, tels des cheveux de sirène, pour dévoiler des crabes minuscules, des berniques en balade, ou une crevette transparente presque trop petite pour que l'œil pourtant affûté de Nuit la remarque. Ces univers sous-marins étaient magnifiques. Un jour, elle avait été tellement fascinée par le spectacle que, après l'avoir regardé pendant des heures et des heures, elle se rendit compte qu'elle avait plongé la tête sous l'eau et respirait avec l'aisance d'une sirène.

Si elle avait pu apprendre sa méthode à M. Noire, pensa-t-elle, il ne se serait pas noyé. Sauf qu'il ne l'avait pas crue lorsqu'elle lui avait rapporté son expérience. Désormais, il reposait devant l'autel, dans un cercueil en bois aux poignées de laiton. Nuit avait déposé un bouquet d'œillets sauvages sur le couvercle. Elle ne savait pas si M. Noire les aimait ou non, mais ils pullulaient sur les falaises alentour. Et puis, elle ne l'avait jamais entendu dire qu'il ne les appréciait pas.

Pendant toute la messe, elle garda les yeux rivés sur le cercueil en s'efforçant de croire que M. Noire y reposait vraiment. Celui-ci paraissait bizarrement trop exigu. Quand, après le dernier cantique, M. Skraeveling et quelques hommes du village le soulevèrent sur leurs épaules pour le sortir de l'église, il fut clair qu'il était très lourd. Force était d'admettre que le pauvre M. Noire se trouvait bien dedans et qu'il était on ne peut plus mort.

Dehors, un vent marin bousculait les nuages dans le ciel. Chaque fois que l'un d'eux masquait le soleil, le cimetière plongeait dans l'ombre. L'herbe entre les tombes était malmenée par les bourrasques, de même que les pâquerettes rose et blanc qui poussaient dans les fissures du mur d'enceinte et les hautes digitales qui, à son sommet, faisaient le guet comme de sévères soldats. Les longs cheveux noirs de Nuit volaient dans tous les sens, car de ses doigts agiles le vent avait dénoué le ruban avec lequel elle les avait attachés. Les pans du col blanc du révérend Bonnefoy s'agitèrent follement lorsqu'il prononça l'oraison funèbre. Mme Skraeveling retenait son chapeau d'une main tout en tamponnant ses yeux avec un mouchoir. Les personnes présentes jetaient des regards furtifs en direction des dunes, comme si elles redoutaient que la mer vienne les submerger et inonde la fosse avant que le sacristain n'ait eu le temps de la combler.

Tous ces gens que Nuit connaissait avaient peur de l'eau. Voilà pourquoi il n'y avait aucun port sur la côte ouest des Déferlantes, aucun chalutier pour s'aventurer du côté de la Gueule du Gorm ou de la baie de Frère-Jacques, aucun pêcheur pour lancer ses lignes ou ses nasses afin d'attraper les crabes et les homards pourtant nombreux. Pourquoi aussi on baissait la voix quand on parlait de la mer. Pourquoi aucune des maisonnettes de Marazea ne regardait vers le large. Pourquoi les promeneurs étaient rares sur les plages. La plupart des habitants s'efforçaient même d'ignorer l'océan. Dans le cas contraire, ils se contentaient de coups d'œil nerveux, l'air de craindre qu'un gros animal féroce ne leur saute dessus à l'improviste.

Ils n'avaient pas tort, d'ailleurs, songeait Nuit. La mer était réellement un gros animal féroce. Mais les gros animaux féroces pouvaient être magnifiques, non ? Elle-même adorait les ondulations des grandes vagues à la surface, comme si l'océan avait exercé ses muscles sous sa peau de caméléon. Elle se régalait de ses reflets dansants aux beaux jours et de ses accès de colère en hiver. Elle pensait parfois se souvenir qu'il l'avait gentiment bercée dans la nacelle l'ayant amenée sur la côte des Déferlantes. Elle avait le sentiment que lui ne l'avait pas oubliée non plus, parce qu'il donnait l'impression de l'observer de temps à autre et que, lorsqu'elle se réveillait avant le matin, elle écoutait les vagues chuchoter sur la grève jusqu'à ce que son propre souffle adopte le rythme de leur chanson douce et qu'elle se rendorme.

Elle aurait aimé pouvoir expliquer ces choses aux

adultes. Elle trouvait triste que la mer les effraie tant. S'ils n'arrivaient pas à la regarder, qui allait remplacer M. Noire ? Maintenant qu'il était mort, il allait bien falloir que quelqu'un prenne sa relève. Les Déferlantes avaient besoin d'un gardien.

2
Le gardien des Déferlantes

L'enterrement terminé, après que Nuit eut serré bien des mains, fait bien des révérences et joué à chat perché avec les enfants Bonnefoy derrière l'église jusqu'à ce que leur mère leur reproche de manquer de respect au défunt, elle décida d'évoquer la succession au poste de gardien avec M. et Mme Skraeveling. Ils remontaient ensemble le sentier escarpé conduisant à la vigie, sous les embruns étincelants soufflés par le vent d'ouest, au milieu des arbres rabougris qui s'inclinaient vers les terres, comme repoussés par l'océan.

– Qui va monter la garde, maintenant que M. Noire est mort ?

M. et Mme Skraeveling se consultèrent du regard. Tous deux étaient petits, robustes et gentils, mariés depuis si longtemps qu'on aurait dit un poivrier et une salière assortis ou un couple de figurines qui, à heure régulière, surgit en vacillant des horloges chics pour en frapper la clochette d'argent. Toute leur vie, ils avaient été domestiques au manoir, avant même la naissance de M. Noire. Nuit devinait donc que le remplacement de leur patron devait grandement les préoccuper. Pourtant, ils semblaient ne pas avoir encore trouvé de solution au problème.

– M. Skraeveling pourrait s'en charger ? suggéra la petite fille.

– Non, chaton, pas moi, répondit l'intéressé qui ôta son chapeau et gratta son crâne rond et chauve comme si cette seule perspective le troublait. Ça serait pas correct, enchaîna-t-il. Et puis, je connais pas assez mes lettres pour noter les observations dans le registre.

– Jan écrit très bien son nom, le défendit sa femme avec loyauté. Mais ça s'arrête là.

– En plus, précisa-t-il, le rôle de gardien ne peut être tenu que par un Noire. Es-clu-si-ve-ment. On change pas les traditions. Nan, y a rien qu'une chose à faire : le révérend Bonnefoy va devoir envoyer un courrier à ton oncle William, le frère cadet de M. Noire.

– Celui qui est parti ? demanda Nuit en sursautant.

– Oui, chaton, acquiesça Mme Skraeveling. Le jeune maître Will est allé étudier en Angleterre l'été avant que nous te découvrions. Il n'était pas plus vieux que toi aujourd'hui. Aux dernières nouvelles, il habitait Londres.

Nuit savait qu'il s'agissait de la capitale anglaise, et comme le roi d'Angleterre était aussi le roi des îles Automnales, elle en déduisait logiquement que Londres était la capitale des Déferlantes, qui faisaient partie de l'archipel. Il existait une gravure de la ville sur l'un des paliers de la maison. Nuit l'avait souvent contemplée en se demandant à quoi ressemblait la vie dans un endroit doté d'autant d'immeubles et de gens, serrés par centaines comme des sardines dans leur boîte.

– Et que fait mon oncle William là-bas ?

– Je n'en sais trop rien, répondit Mme Skraeveling. Voilà des années que nous n'avons pas reçu de lettre. Le jeune maître n'a jamais beaucoup apprécié les Déferlantes, la vigie ni la mission de sa famille. Sauf que, maintenant, il va falloir qu'il rentre et reprenne le flambeau. Que ça lui plaise ou non. Les Déferlantes ne peuvent pas se passer d'un gardien.

– Malheureusement, le courrier va mettre des semaines pour arriver à Londres, et le jeune maître en mettra autant à venir ici, soupira M. Skraeveling.

M'est avis qu'on n'aura personne avant l'automne. Ça serait bien la première fois qu'on resterait aussi longtemps sans gardien.

– Dans ce cas, je m'en occupe, décréta Nuit.

– Toi ? se récria le couple d'une même voix, avant que M. Skraeveling ajoute : C'est pas un boulot pour les enfants.

– Je ne suis plus un bébé. J'ai onze ans, je lis et j'écris très bien. En plus, je suis un membre de la famille Noire.

– C'est vrai, admit le vieil homme en regardant sa femme. Très vrai, Carrie. Le pauvre M. Andrew a convoqué un notaire de l'île de Hoyt pour rédiger les papiers en bon uniforme. « Mlle Nuit Noire, pupille légale de M. Andrew Noire, domicilié à la vigie du Crépuscule, sur l'île des Déferlantes. » J'ai servi de témoin, précisa-t-il avec fierté. Et j'ai signé à l'encre rouge.

– Mais le gardien est censé être un homme, objecta son épouse d'une voix pleine de doute.

– Je ne serai pas gardien, expliqua Nuit. Je le remplacerai juste en attendant qu'oncle William soit là. Et je parie que je me débrouillerai comme un chef.

M. Skraeveling parut d'accord avec elle. Bien qu'elle ait l'air plus inquiète que jamais, sa femme n'insista pas, car ils étaient parvenus au sommet du chemin, où un large fossé et un haut mur gris s'étiraient sur toute la longueur de la falaise. Au-delà, on apercevait les toits et les cheminées de la vigie, ainsi que les bras en bois du vieux sémaphore surplombant la tour qui s'agitaient sous les assauts du vent.

Ces défenses avaient été bâties pour empêcher les sorcières des mers d'aller sur le cap de Saint-Phocas allumer des feux au milieu des vieilles pierres levées. Bien qu'il ne reste plus qu'une sorcière sur les Déferlantes et qu'elle soit trop âgée pour quitter sa masure, la grille percée dans le mur était toujours verrouillée. Nuit s'apprêtait à demander sa clé à M. Skraeveling afin de courir l'ouvrir, quand une rafale plus violente que les autres emporta le chapeau de Mme Skraeveling.

– Miséricorde ! se lamenta cette dernière.

Son couvre-chef s'envola sur ses ailes de taffetas noir, pareil à un oiseau de mauvais augure. Nuit se lança à sa poursuite à travers le pré, mais il flottait trop haut et s'éloignait trop vite pour qu'elle puisse espérer l'attraper. Soudain, une personne assise dans les grandes herbes, aussi silencieuse et immobile qu'un rocher, se dressa devant la petite fille et intercepta le fugueur en plein vol.

Nuit poussa un cri, s'arrêtant net. L'inconnue lui tendit le chapeau, mais Nuit était trop intimidée pour le saisir. La jeune femme en face d'elle était très grande et costaude, vêtue d'une longue cape claquant bruyamment dans la bise qui décoiffait également sa crinière de cheveux roux sombre. Au sommet de son crâne, entre ses boucles épaisses, s'élançaient des bois de cerf à cinq branches.

3
La sorcière-troll

— Qu'est-ce qui se passe ? demanda M. Skraeveling en rejoignant Nuit à grands pas.

Son épouse le suivit, soulevant ses jupes pour leur éviter l'herbe mouillée. La femme étrange les fixait, le chapeau à la main. Nuit se rendit compte que les bois de cerf étaient une sorte de coiffe. À présent qu'elle s'était remise du choc, elle distinguait les fils de fer brillants qui les attachaient aux boucles rousses. Certes, c'était un drôle de couvre-chef, mais c'était également une drôle de dame. Elle appartenait à la tribu des trolls qui vivaient au nord des Déferlantes, dans la région rocheuse et boisée nommée les Pitreries. D'après le révérend Bonnefoy, il était malpoli d'appeler trolls leurs habitants, sauf que Nuit comprenait très bien pourquoi on le faisait, car la femme devant elle était vraiment laide. Ses traits étaient trop grossiers et trop nets, et ses sourcils épais se rejoignaient au-dessus de son nez. Elle avait de grands yeux enfoncés d'un brun sombre pailleté d'or.

– Je suis venue rendre hommage au gardien, annonça-t-elle. J'ai appris que la mer l'avait emporté.

Mme Skraeveling récupéra son chapeau, qu'elle inspecta avec suspicion.

– M. Noire s'est noyé en glissant sur les rochers de la baie de l'Homme-Blême il y a quelques nuits, expliqua son mari.

– C'est triste, commenta l'inconnue.

Un bout de vieux ruban en velours rouge pendait à l'un de ses bois et voletait dans le vent.

– Je l'ai souvent aperçu sur les plages, enchaîna-t-elle. Parfois, je l'entendais parler à la mer. Même si elle ne lui répondait jamais. Je suis désolée qu'il soit mort.

– Merci, dit Mme Skraeveling.

La femme-troll regarda derrière eux la maison adossée à la colline, au-delà du mur.

– Qui va être le gardien, maintenant ? demanda-t-elle.

– Moi, lança Nuit.

– Rien n'est encore décidé, objecta Mme Skraeveling.

L'inconnue avança d'un pas et se baissa afin de mieux observer l'enfant. Elle portait autour du cou des cordelettes et des ficelles auxquelles étaient suspendus de curieux objets : cailloux percés, os d'oiseau, pommes de pin, une patte de renard, et une multitude de petits sachets en cuir. Il émanait d'elle une odeur d'humus, pas désagréable mais forte. Elle étudia Nuit avec beaucoup d'attention.

– Tu es l'enfant que l'océan a donnée à Andrew Noire, devina-t-elle.

– Il m'a trouvée sur la grève quand j'étais bébé, acquiesça Nuit. J'étais dans une espèce de petit bateau. Il m'a recueillie pour que M. et Mme Skraeveling s'occupent de moi.

– Vraiment ? s'étonna l'autre, avec un intérêt visible.

– Ses parents devaient être à bord d'un navire qui aura coulé, intervint Mme Skraeveling. Vu son physique, on pense qu'ils venaient de Chine, du Siam ou d'un de ces pays qui décorent les boîtes de thé. Ces malheureux ne connaissaient sans doute pas les dangers de nos mers. Nous remercions Dieu qu'ils aient eu le temps de sauver notre petite chérie avant de sombrer.

L'ignorant, la femme aux bois de cerf se remit à l'enfant.

– Oui, je devine quelque chose de la mer en toi,

murmura-t-elle, mais aussi quelque chose de la terre. La plupart des gens ont soit l'un, soit l'autre. Moi-même, je suis une terrienne et je m'appelle Aish.

Aish. Nuit songea au bruit des vagues qui se retiraient sur une plage de galets. À moins que, puisque Aish était de la terre, ce ne soit celui du vent de l'ouest quand il agitait les chênes des forêts touffues.

– Moi, se présenta-t-elle, je suis Nuit Noire.

Certains riaient quand ils entendaient son nom pour la première fois. Aish, elle, ne parut pas le trouver bizarre et garda son sérieux.

– Eh bien, Nuit Noire, sache que les miens ont veillé sur l'océan bien avant que ta vigie ne soit construite. Alors, n'hésite pas à venir me voir si jamais tu y repères une agitation louche. Il te suffira de m'appeler dans les bois des Pitreries, et j'arriverai.

Nuit opina pour indiquer qu'elle avait compris. Aish la fixa encore un moment de son regard ténébreux, puis elle renifla comme un animal, se redressa, salua les Skraeveling d'un geste hautain de la tête et s'éloigna rapidement sur le sentier de la falaise dans une envolée de sa longue cape.

– Ma foi, déclara Mme Skraeveling, ce n'est pas souvent qu'on en voit des pareilles dans ce coin de l'île.

– Le trajet depuis les Pitreries prend une bonne

demi-journée, renchérit son époux. C'est gentil de sa part de s'être donné autant de peine, Carrie.

– Je n'avais encore jamais croisé un troll d'aussi près, fit remarquer Nuit. Elle avait une drôle de figure. D'ailleurs, tout était drôle, chez elle. Puisqu'elle voulait rendre un hommage, pourquoi n'est-elle pas venue à l'église au lieu de nous attendre ici ? Et qu'est-ce que ça veut dire, cette histoire de M. Noire parlant à la mer ?

– Bah, répondit Mme Skraeveling, ce n'était peut-être que des menteries. Je parie qu'elle s'est glissée jusqu'ici parce qu'elle espérait grimper par-dessus le mur et profiter de la cérémonie pour aller jeter ses sortilèges sur le cap entre les vieilles pierres.

– Nan, objecta son mari. Il est trop haut, le mur. Sans échelle, c'est pas possible, c'est bien connu. Et elle en avait pas. Et puis, les gens des Pitreries aiment pas plus la magie marine que nous autres.

– Et qu'en sais-tu, de ce qu'ils aiment ou pas ? Ce sont des sauvages qui vivent dans des terriers au beau milieu de leurs sales bois.

– Ils sont plutôt gentils, contra M. Skraeveling qui ne critiquait jamais personne. C'est de bons voisins, de bons fermiers, et ils fabriquent le meilleur cidre de toute l'île. Inutile d'avoir peur d'eux, Nuit.

– Je n'ai pas eu peur, se défendit la petite fille.

Pourtant, elle avait été tout de même un peu

impressionnée par la femme à l'allure si étrange et au regard si spécial.

M. Skraeveling lui donna la clé et elle courut ouvrir les lourdes grilles. Dans les jardins, les hortensias trempés se secouaient comme des chiens. Les averses avaient collé des feuilles sur les dalles de l'allée qui menait au perron de la maison aux murs gris, aux plaques de lichen orange sur les toits en ardoise pentus, aux volutes de fumée qui s'échappaient des hautes cheminées. La sinistre devise de la famille Noire avait été sculptée sur le linteau de granit au-dessus de la grande porte principale : *Prends garde au crépuscule.*

4
La tour

Ce soir-là, sitôt après le dîner, Nuit suivit M. Skraeveling au sommet de la vigie, sans oublier de caresser la statue de la tortue qui ornait le pilier central de l'escalier. Ils empruntèrent le corridor, passèrent devant la chambre et le bureau de M. Noire, puis s'engouffrèrent dans la porte étroite qui conduisait à la tour.

Cette dernière était de loin la partie la plus ancienne du manoir. Autrefois, elle était séparée du reste de la maison, avant que le grand-père de M. Noire la relie au bâtiment principal. Cet aïeul avait apporté beaucoup d'améliorations à la demeure. C'était lui qui avait inventé le sémaphore permettant d'envoyer des messages jusqu'à Bon-Port, de l'autre côté de l'île, même s'il fallait grimper sur la colline derrière la ville pour les apercevoir, ce que personne ne s'embêtait plus à faire, si bien que le mécanisme et les bras ne servaient plus depuis des années.

La porte étroite donnait sur un passage tout aussi étroit, lequel menait à un étroit escalier de pierre en colimaçon qui serpentait entre les murs épais de la tourelle. On se serait cru dans un phare, songea Nuit en gravissant les marches, même si l'endroit était destiné à repérer et non à être repéré. Une fois au sommet, elle entra dans la pièce d'observation du gardien, inondée par la lumière trouble de la mer qui pénétrait par six vastes fenêtres. Les cordes qui permettaient de manœuvrer le sémaphore pendaient de trous au plafond et étaient arrimées en boucles élégantes à des chevilles de laiton fixées aux murs. Sur son trépied, le télescope de M. Noire semblait attendre le retour de son propriétaire. À côté, le volume en cours du journal de bord était ouvert sur le bureau.

Ce n'était pas la première fois que Nuit venait ici. Il lui était arrivé d'y porter une tasse de café à M. Noire certaines froides soirées d'hiver. Chaque fois, il l'avait remerciée sans lever les yeux de son instrument. À plusieurs reprises, la petite fille était restée debout près de lui, espérant et redoutant en même temps que ce moment-là soit celui où il apercevrait quelque chose.

L'assise en cuir du fauteuil portait encore l'empreinte de ses fesses, à moins qu'il s'agisse de celles de son père, de son grand-père ou de toute une série d'ancêtres remontant à Mathusalem. Ou alors, au contraire, c'étaient les fesses des gardiens qui avaient épousé la forme du siège. Quoi qu'il en soit, cette empreinte était beaucoup trop large pour son propre petit derrière, et le fauteuil bien trop bas pour elle. Malgré le coussin qu'avait apporté M. Skraeveling, elle fut obligée de s'agenouiller dessus au lieu de s'asseoir, afin de réussir à plaquer son œil sur l'oculaire du télescope.

– T'es sûre que ça va aller, toute seule ici ? demanda M. Skraeveling.

– Oui, merci.

– T'auras pas peur, hein ?

– Bien sûr que non.

– Et tu vas pas t'endormir ?

– J'ai un travail important à faire.

– Dans ce cas, je retourne aider ma dame avec la vaisselle. Si tu as besoin de quelque chose, chaton, n'hésite pas à appeler.

– Promis ! Merci !

– Et attention avec ce traître d'escalier quand tu redescendras, ajouta-t-il par-dessus son épaule.

– Promis !

Nuit avait hâte qu'il la laisse. C'était drôlement

chouette d'être seule dans la tour, l'endroit le plus élevé de la côte ouest des Déferlantes.

La vue s'étendait du sud au nord-nord-est. Quand on regardait les alentours depuis les fenêtres, on avait l'impression d'observer une carte ou un paysage en miniature. À sa gauche, Nuit distinguait les falaises, les caps et les bras de mer encaissés jusqu'à la pointe aux Mouettes, à l'extrême sud de l'île. Droit devant elle, le sommet de la colline sur laquelle était bâtie la vigie se rétrécissait en un goulet menant au promontoire du cap de Saint-Phocas et son cercle de pierres levées. À droite, le sentier descendait vers l'église, le presbytère et les maisons basses aux toits de tourbe de Marazea, qui s'étalait derrière la vaste baie qu'on appelait la Gueule du Gorm. Au-delà, à environ dix kilomètres en direction du nord, se dressaient les pentes escarpées des Pitreries, dont les forêts étaient déjà baignées des couleurs du soleil couchant. Plus loin encore, Nuit apercevait la ligne bleue de la mer. Seul l'est lui était caché par les cimes des montagnes qui hérissaient l'intérieur de l'île.

De toute façon, le gardien ne s'intéressait pas à ce côté des Déferlantes.

Nuit contempla le journal de bord, lut la dernière note qu'avait rédigée M. Noire. Elle datait du 23 juin, quatre jours auparavant. « Ciel dégagé, bonne visibilité, rien à l'horizon. » Il était étrange de penser que, après avoir écrit ces quelques mots, il était descendu de la tour, avait enfilé son manteau et s'était rendu sur la plage, où la mer l'avait attrapé. La petite fille se rappela brusquement les paroles des commères à l'église : « Ses poches étaient pleines de galets. »

Elle feuilleta le registre en arrière, revenant vers les premières pages. M. Noire lui avait confié un jour que chaque volume du journal contenait dix années d'observations. Celui-ci étant à moitié rempli, elle calcula qu'il avait dû le commencer quand elle avait six ans et demi. L'ancien gardien avait une écriture soignée, facile à déchiffrer quand on s'y était habitué. Les entrées successives, soir après soir, se ressemblaient souvent, ne comportant qu'un mot ou une phrase : « Rien. Rien. Rien à signaler. R.A.S. » Parfois s'y ajoutaient des remarques sans rapport apparent avec les obligations du gardien : « 1er octobre. Les oies migrent vers le sud en longues escadrilles ayant la forme d'un V ou d'un W. 3 mars. La sorcière des mers a encore allumé un feu au pied des Éboulis. L'étoile du Berger, toute proche du croissant de la nouvelle lune, est particulièrement brillante. »

Nuit consulta la page du dernier Noël afin de voir si M. Noire avait écrit quelque chose à propos des chaussettes qu'elle lui avait offertes. À sa grande déception, il n'en était rien. Pourtant, elle avait mis des siècles à les tricoter. Elle remarqua que quelques jours plus tard, le 29 décembre, il avait rédigé une note différente des autres. Même son écriture semblait différente, comme si sa main avait tremblé.

« Alerte ? Averses à l'horizon, mais autre chose derrière, qui paraît trop solide pour être des nuages. »

Le 1er janvier : « Lueur à l'ouest, juste après le crépuscule. J'en suis sûr. »

Nuit inspecta fébrilement le journal de bord. Elle avait l'impression de mal se comporter, comme si elle s'était permis de fourrer son nez dans le journal intime de quelqu'un. Elle aurait dû s'arrêter, continua cependant de lire les commentaires jusqu'à ceux de l'hiver et du printemps précédents.

« 18 janvier. De nouveau, aux ultimes heures du jour, trois îlots, à moins qu'il s'agisse d'un seul avec trois sommets. Une lumière sur la côte, peut-être un petit feu.

Est-ce un signal ?

Suis-je censé y répondre ? »

Les notes étaient de plus en plus détaillées, le papier noirci d'encre. M. Noire avait écrit des lignes et des lignes avant de les raturer, comme si ce qu'il voyait – ou croyait voir – ne pouvait être décrit avec des mots.

« 16 avril. J'ai rêvé qu'elle était revenue, mais la plage était vide. »

« 18 mai. Nous avons beau monter la garde, nous

n'apercevons rien, sinon des phénomènes que nous ne comprenons pas. Mais une créature est bel et bien là à nous surveiller. Rien ne lui échappe. » (Ce passage avait été barré, réécrit et souligné plusieurs fois.)

« 2 juin. La mer me parle. Elle exige qu'on lui rende ce qu'elle a donné. Acceptera-t-elle un marché ? »

Les entrées suivantes se résumaient à des phrases inachevées et rageusement biffées. Le 21 juin, M. Noire avait écrit : « Que veut-elle ? » Souligné à trois reprises. Puis, les 22 et 23, les commentaires étaient redevenus normaux : « Rien à signaler. Ciel clair et bonne visibilité. R.A.S. »

Nuit commençait à regretter son impatience à voir partir M. Skraeveling. Elle était perturbée de constater que son tuteur, qu'elle avait toujours connu si poli, bien élevé et maître de lui, était capable de rédiger des notes bizarres et fiévreuses quand il était seul au sommet de la vigie. Un silence inquiétant régnait dans la tour, brisé seulement par le doux bruit du vent qui agitait les loquets des fenêtres. Le reste du manoir semblait très loin. Il était possible, se dit Nuit, que la solitude ait dérangé l'esprit de M. Noire. Sauf s'il avait vraiment aperçu les Terres Cachées, une idée encore plus effrayante.

Un instant, elle eut très peur et faillit redescendre en courant dans le salon modeste et chaleureux des Skraeveling. Cependant, elle se rappela fermement qu'elle avait presque onze ans et demi et une tâche à accomplir. À l'ouest, le soleil était bas. Il était l'heure pour le gardien de se mettre au travail. Elle refusait d'abandonner avant d'avoir essayé, ce qui aurait amené M. et Mme Skraeveling à penser qu'elle était un bébé doublé d'une froussarde.

Aussi, elle ouvrit l'encrier de M. Noire et y trempa sa plume. Elle tira un trait bien droit sous la dernière note du malheureux et, de sa plus belle écriture, inscrivit : « 27 juin. M. Andrew Noire, gardien des Déferlantes, a été retrouvé noyé il y a quatre jours. À la suite de cette catastrophe, moi, Nuit Noire, âgée de onze ans et quatre mois, sa pupille, je promets de tenir ce journal de bord jusqu'à l'arrivée de son successeur. »

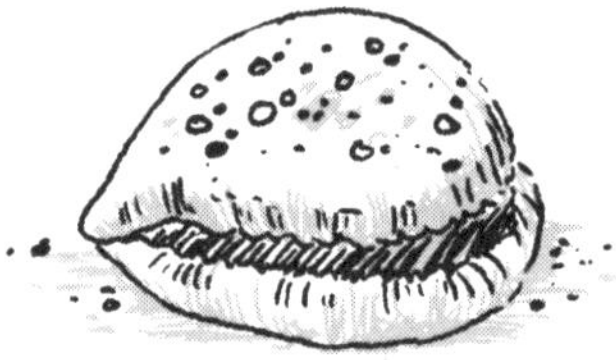

5
Les Terres Cachées

On ne les voyait qu'au crépuscule. À l'heure où les frontières entre les mondes s'amincissaient, d'étranges créatures étaient susceptibles de les franchir en catimini. Alors, racontaient les vieilles histoires, des îlots enchantés surgissaient du néant de l'océan, à l'ouest. Nul ne savait ce qu'ils étaient exactement. Aucun des bateaux qui avaient tenté de voguer vers eux n'en était revenu. Pourtant, une fois, il y avait très longtemps de cela, une sorcière des mers avait allumé un feu entre les pierres levées du cap de Saint-Phocas, et un monstre enragé vivant dans les Terres Cachées avait jailli au milieu des flots : le Gorm, un être si épouvantable qu'il avait été dès lors jugé nécessaire d'installer un gardien sur les Déferlantes.

Ce n'était rien qu'une légende, bien sûr. Du moins, c'est ce qu'estimaient les gens en Angleterre et ceux qui habitaient des îles plus civilisées, comme Finnery et Lamontane. Mais on était sur les Déferlantes, à l'extrême ouest du monde battu par les vents, où des trolls peuplaient les Pitreries et où une vraie sorcière lançait ses sortilèges depuis les Éboulis. Ici, il était possible de croire à presque tout.

Aussi, Nuit scruta l'horizon avec son télescope, tous les soirs pendant une heure, jusqu'à ce qu'il fasse trop sombre pour distinguer quoi que ce soit. Si elle n'aperçut aucun îlot magique, elle ne réussit pas non plus à se débarrasser de l'impression pesante qu'ils existaient. Elle revenait sans cesse aux dernières notes de M. Noire en s'interrogeant sur leur sens. Puisque les Terres Cachées s'étaient montrées à lui, pourquoi ne le faisaient-elles pas avec elle ?

Elle espérait presque que ça finisse par arriver, bien qu'elle ne sache pas trop comment elle réagirait alors. Et si leur apparition s'accompagnait du retour du Gorm ? Le tableau qui le représentait dans la salle à manger hantait les cauchemars de Nuit depuis son arrivée au manoir : un gigantesque monstre hurlant, couvert d'écailles, qui émergeait des vagues. À côté de la peinture pendait l'ancien sabre avec lequel le premier gardien avait repoussé la bête vers les profondeurs. L'arme était plus grande que Nuit et paraissait très lourde. La petite fille doutait de pouvoir seulement la soulever. De là à l'utiliser pour sauver les Déferlantes du Gorm…

Elle aurait beaucoup aimé parler à quelqu'un de ce qu'elle avait lu dans le journal de bord, sauf qu'il était hors de question de s'adresser aux Skraeveling, des fois qu'ils en concluent que le travail de gardien était finalement trop perturbant pour elle. Elle songea à prendre conseil auprès d'Aish, mais la femme-troll l'effrayait. Et puis, les Pitreries étaient très éloignées – une demi-journée de marche, avait dit M. Skraeveling, ce qui signifiait une journée complète aller-retour, une absence trop longue pour la cacher aux domestiques. Ils exigeraient qu'elle leur explique pourquoi elle tenait tant à se rendre là-bas. Le pot aux roses serait découvert, et elle n'en serait pas plus avancée.

Les seules autres personnes vers lesquelles elle aurait pu se tourner étaient le révérend Bonnefoy et les siens, qui avaient toujours été gentils avec elle. Le problème, c'est que dès qu'elle se décidait à aller au presbytère pour se confier, elle repensait aux poches pleines de galets de M. Noire… Entre ce détail et les drôles de remarques qu'il avait notées dans le journal, le révérend ne risquait-il pas de croire que M. Noire, cédant à une crise de mélancolie frisant la folie, s'était volontairement jeté à l'eau ? Auquel cas, il était bien capable de déterrer M. Noire, sur la tombe duquel les pâquerettes commençaient à pousser, afin de l'ensevelir hors du cimetière de l'église, à l'endroit réservé aux assassins et aux suicidés. Pauvre M. Noire ! Nuit ne voulait pas avoir ce poids sur la conscience. Et si son fantôme venait ensuite la torturer, grimpant comme une brume marine le long du sentier, tout mouillé de sa noyade et faisant bruisser les pierres de ses poches ? Merci, mais non merci !

Alors, la petite fille continua à chercher des réponses toute seule. Malheureusement, elle n'obtint que des questions supplémentaires.

Nuit n'avait jamais passé autant de temps dans la pièce d'observation de la vigie. Jusqu'à présent, elle avait vécu au rez-de-chaussée, où étaient situés sa chambre, la cuisine, le cellier, la salle à manger et le salon, ainsi que le douillet appartement des Skraeveling. Les étages avaient été le domaine de M. Noire. Logiquement, estimait-elle, ils lui revenaient désormais, au moins tant qu'elle occuperait le poste de gardienne.

À l'extrémité du premier palier, près de la porte menant à la tour, se trouvait le bureau de M. Noire, une pièce étroite et sombre encadrée par deux longs murs couverts de rayonnages, qui aboutissaient à une fenêtre en saillie où était installé un antique fauteuil en cuir. Sur les étagères à gauche quand on regardait la fenêtre étaient rassemblés les anciens volumes du journal de bord, reliés en cuir rouge et alignés comme des brigadiers de la Garde royale. Ils ne furent pas d'une grande utilité à Nuit, tout pleins qu'ils étaient des pattes de mouche de M. Noire et de ses ancêtres. Dans les plus vieux, la langue et l'écriture étaient si démodées qu'elle n'y comprenait rien. Quant aux plus récents, pour peu qu'on se donne la peine de les déchiffrer, ils se résumaient en général à des « R.A.S. », à quelques rares exceptions signalées par des marque-pages, mais qui marquaient… quoi ? Des illusions ? Des imprécisions ? Des absurdités ? Ou de vrais îlots qui se montraient parfois à l'ouest ? (Lorsqu'elle tombait sur ce genre de commentaires, Nuit veillait toujours à jeter un coup d'œil dehors pour s'assurer que l'horizon était bien vide.)

Sur le mur opposé, les rayonnages ne l'aidèrent pas beaucoup non plus, mais leur contenu se révéla rudement plus intéressant. C'est là que M. Noire conservait toutes les curiosités qu'il découvrait sur les plages des Déferlantes, les protégeant de la poussière et des mites dans des boîtes en verre ou sous de petits dômes en cristal. Des galets, des coquillages de toutes tailles, des fossiles, des coraux, des morceaux d'ambre, des oiseaux morts depuis longtemps, des poissons desséchés et des bouts de bois flotté rangés par tailles, des branchages les plus grands aux esquilles les plus modestes. Il y avait une bouteille fabriquée dans un matériau qui ressemblait à de la porcelaine mais n'en était pas, et couverte d'une écriture incroyablement soignée et minuscule dans une langue étrangère. Dans un écrin, des éclats de verre dépolis par la mer au point d'avoir l'air de cailloux, bruns, verts et blancs, reposaient par paires assorties sur de la feutrine verte.

Un coffret accueillait quelques spécimens de ces poches caoutchouteuses aux coins affublés de longues pointes traînantes. Les gens des Déferlantes les appelaient « bourses de sirène ». Nuit savait que, en réalité, il s'agissait de sacs dans lesquels les chiens de mer et autres espèces de requins mettaient leurs œufs à l'abri. Le plus petit ne dépassait pas l'ongle de son pouce. Le plus imposant, gros comme un oreiller rebondi, était posé près du coffret, car il était trop grand pour y tenir. Quand elle s'en saisit, Nuit le trouva dur et doux à la fois, et étonnamment léger. Elle approcha son nez de son ouverture effilochée et huma une vague odeur marine. Quel genre de monstre avait pu éclore de cette poche ?

Un des ancêtres de M. Noire avait écrit, dans un volume du journal de bord qui pullulait de signets rouges : « Lorsque les Terres Cachées émergent, d'étranges marées se produisent, dans les vagues desquelles nagent de curieux poissons ; diverses créatures s'échouent sur les côtes des Déferlantes, bêtes qui ne sont pas de notre monde. »

Dans la vaste chambre du maître de la vigie, M. Skraeveling s'affairait à nettoyer et à repeindre les fenêtres et les volets afin que tout soit prêt pour l'arrivée du jeune homme. La coiffeuse et le lave-mains protégés par des draps avaient l'air de fantômes trapus et inoffensifs.

S'asseyant sur le lit, Nuit observa les trois cadres accrochés au mur. Un portrait du père de M. Noire, qui ressemblait à n'importe lequel des vieux messieurs ornant les autres pièces du manoir, avec son long visage lugubre sous sa perruque blanche. (Comment diable M. Noire allait-il reconnaître son père, au paradis ? Mais peut-être que, là-haut, les hommes ne portaient pas leur perruque. Nuit se renseignerait auprès du révérend Bonnefoy lors de sa prochaine visite au presbytère.) À côté figurait un tableau de la mère de M. Noire, une très jolie femme aux grands yeux gris. Les deux garçons sur la troisième peinture avaient hérité ces yeux, de même que les cheveux maternels châtains. L'aîné était M. Noire, adolescent à l'air empoté qui allait devenir un jeune homme. Le second était encore petit, pas plus de cinq ou six ans. C'était William Noire, son oncle, que Nuit examina longtemps en se demandant quelle sorte d'enfant il avait été, quelle sorte d'adulte il était désormais, et comment se passerait leur rencontre.

Elle s'imagina l'accueillir dans la tour et lui soumettre les notes qu'elle avait rédigées en l'attendant. Il serait sûrement impressionné par le soin qu'elle avait porté à ses observations et par sa jolie écriture. Il serait sûrement aussi avisé que M. Noire mais, avec un peu de chance, moins sinistre et réservé. Nuit se confierait à lui de gardienne à gardien et lui montrerait les réflexions bizarres de son frère aîné. Alors, à eux deux, ils résoudraient l'énigme.

6
WILL NOIRE

– Jamais je ne retournerai aux Déferlantes ! s'exclama Will Noire après avoir lu la lettre du révérend Bonnefoy.

Le courrier avait mis presque un mois à parvenir jusqu'à Londres. Il avait été, sur le trajet, tellement détrempé par la pluie et les embruns qu'il avait l'air de s'être noyé avec le pauvre Andrew. Malheureusement pour Will, la teneur en était encore lisible : « C'est avec la plus profonde affliction... regret de vous informer... sa dépouille a été rejetée par la mer... Puisque son trépas prive les Déferlantes de gardien, nous présumons... J'ai hâte de vous accueillir chez vous... Votre ami dans la paix du Christ, Rév. Simon Bonnefoy. »

– Jamais ! répéta Will à ses amis ce soir-là.

Ils étaient installés à la rotonde des jardins du Ranelagh. Le jeune homme avait été si secoué d'apprendre le décès de son aîné qu'il n'avait pu envisager de rester seul chez lui. Il avait donc séché ses larmes, enfilé sa nouvelle (et très chic) redingote couleur prune et sauté dans un fiacre pour se rendre au Ranelagh. Il n'avait pas franchement les moyens de s'offrir une voiture, les plats et les vins étaient diablement chers à la rotonde, mais il s'était dit que la musique, les illuminations et une joyeuse compagnie lui remonteraient le moral. Son meilleur ami, Frank Constantine, était présent, comme toujours, avec une jolie fille à son bras. Il y avait aussi une demi-douzaine de convives que Will connaissait pour les avoir croisés aux conférences dispensées à la Royal Institution, la société savante située à Albemarle Street. Certains étudiaient la médecine ou le droit et d'autres, à l'instar de Will lui-même, hésitaient encore sur l'orientation à donner à leur vie. Il n'empêche, tous se considéraient comme des hommes de science. Will n'aurait pu imaginer nouer pareilles amitiés dans sa jeunesse, car de telles personnes n'existaient tout simplement pas sur son île.

– À mon frère Andrew ! lança-t-il en levant un verre de ce vin hors de prix. Qu'il repose en paix et soit remercié de m'avoir éloigné des Déferlantes !

– Mais où donc se trouve cet endroit ? s'enquit Constantine. Nous ne vous avons jamais entendu en parler, Noire.

« C'est le moins qu'on puisse dire », songea Will. C'était l'une des choses qu'il appréciait le plus à Londres. On pouvait passer ses journées et ses nuits à discuter d'art, de science, de politique, des nouvelles pièces de théâtre et des derniers scandales sans avoir à dévoiler ses origines.

– C'est l'une des îles Automnales, expliqua-t-il. L'archipel est situé si loin des îles Scilly que, durant des années, on a cru qu'il n'existait que dans les histoires de marins ou qu'il avait été inventé par des cartographes qui s'ennuyaient et avaient décidé de pimenter un peu les vastes étendues vides de l'océan Atlantique. Mais il est bien réel. Tout à fait à l'ouest, il y a les Déferlantes, un caillou de cinquante kilomètres de long sur quinze de large, en forme d'hameçon ou de J à l'envers. Il y a une arête montagneuse au centre, entourée de landes, et au nord une région de montagnes boisées qu'on appelle les Pitreries. Des trolls y vivent, du moins c'est comme ça que les surnomment les habitants. Ils nichent dans des terriers et pratiquent la sorcellerie.

– Vraiment ?

– Bien sûr que non ! Ce n'est qu'un ramassis d'arriérés qui auront survécu au Déluge, probablement.

Constatant que son auditoire était intrigué, Will regretta de ne pas avoir raconté plus tôt les fables de son pays natal. Lui qui avait tant de mal à aborder des sujets intéressants ou à lancer des remarques spirituelles, il adorait se retrouver au centre de l'attention, et les dames du groupe le regardaient avec une admiration certaine. Il s'en voulut d'avoir douché leur enthousiasme à propos des trolls.

– Les légendes sont innombrables sur les Déferlantes, se rattrapa-t-il. On se les transmet de génération en génération, comme le reste, et tout le monde y croit. On ne dirait jamais que l'île fait partie de l'Angleterre. Elle donne l'impression d'être bien plus ancienne et moins civilisée. Là-bas, la magie paraît plus réelle.

– Oh ! s'écria la compagne de Constantine, je *raffole* de la magie ! Y a-t-il des fées ? Je *raffole* des fées.

– Ça ne me surprendrait pas, répondit le jeune homme. En tout cas, il existe bel et bien une vieille folle du nom de Thurza Froy, qui allume des feux sur la plage et lance des sortilèges à la mer. La rumeur prétend que, il y a des centaines d'années, une autre sorcière de son acabit a enflammé un brasier sur le cap de Saint-Phocas, ce qui a réveillé une créature qui vivait dans les abysses inexplorés, au large. Ces eaux sont maudites, tous les bateaux qui s'y aventurent connaissent une fin malheureuse. On raconte que des îlots enchantés émergent parfois. Ils constitueraient le repaire du Gorm qui, en voyant le feu enchanté, a cédé à une telle rage qu'il a attaqué les Déferlantes.

– Qu'est-ce qu'un Gorm ? demanda Carfax, le naturaliste.

– Eh bien, les artistes qui ont illustré l'événement ont des théories différentes. Pour certains, c'est un dragon marin géant ; pour d'autres, une gigantesque pieuvre dotée de trop de tentacules. Le tableau qui décore la salle à manger de la vigie du Crépuscule, le manoir où j'ai grandi, le montre comme un lion de mer doté d'une queue de baleine. Gamin, j'en ai fait d'horribles cauchemars.

– Un lion de mer ? s'esclaffa Constantine.

Will se mêla à l'hilarité générale, heureux que son récit divertisse autant ses amis. Sauf que derrière ces rires se cachait un très léger malaise. Petit, il avait été terrorisé par le Gorm et, au plus profond de lui, il l'était encore, bien qu'il sache que les monstres n'existent pas et que l'océan à l'ouest engloutissait les navires parce que tel était son rôle.

– Mais celui de votre histoire, insistèrent les convives, qu'était-il en réalité ?

Will haussa les épaules.

– Un tremblement de terre, j'imagine, ou un raz-de-marée. L'acte de sorcellerie ne serait que pure coïncidence. Quelle qu'ait été sa nature, il a engendré mort et dévastation, anéantissant la vieille ville de Marazea. Par chance, un hallebardier costaud de la garde britannique habitait l'île. Il s'appelait John Noire. Il s'est rué sur le Gorm avec une épée magique qu'il avait en sa possession, comme tant de personnes jadis. Le monstre a été repoussé et s'est retiré en grondant dans ses mystérieux îlots qui se sont de nouveau rapidement abîmés dans les flots, en récompense, Noire a eu l'autorisation de bâtir une maison sur le cap de Saint-Phocas, que ses descendants conserveraient de droit à condition qu'ils montent la garde.

– Face à quel danger ?

– Le retour du Gorm. La réapparition des Terres Cachées. Dans ma famille, des générations d'hommes ont consacré leurs soirées à scruter l'horizon comme des imbéciles, jusqu'à en perdre la vue et la raison, alors qu'aucune preuve réelle de l'existence de ces îles magiques n'a jamais été apportée. Nous montons la garde par tradition. Or, les gens des Déferlantes s'accrochent aux traditions, parce que ce sont des ignorants qui ont peur de tout.

– Je comprends pourquoi vous avez fui, finit par commenter Constantine.

– Et pourquoi je ne retournerai là-bas pour rien au monde, acquiesça Will en commandant une nouvelle tournée. Les Déferlantes devront se débrouiller sans gardien. On ne peut pas me forcer à rentrer chez moi.

Il s'avéra que si, cependant.

Craignant que sa lettre n'arrive pas à son destinataire, le révérend Bonnefoy avait expédié un autre courrier aux autorités, lesquelles vinrent frapper à la porte de Will quinze jours plus tard, sous la forme de deux messieurs aux courtes perruques blanches et longs manteaux noirs. Ils travaillaient dans un département obscur de l'administration chargé des affaires des îles Automnales et prenaient très au sérieux la nécessité d'avoir un gardien sur les Déferlantes.

– Pourquoi ? voulut savoir Will. Pourquoi devons-nous encore surveiller la mer ? Le Gorm n'est qu'une vieille superstition tenace. Aujourd'hui, aucune personne un peu instruite ne croit à l'existence des Terres Cachées. Il n'y a rien au large. Sinon, toute la côte serait hérissée de batteries défensives et de forteresses.

– Vous avez peut-être raison, monsieur Noire, opina le plus jeune des visiteurs qui semblait être le porte-parole des deux. Néanmoins, le bas peuple risque de s'agiter s'il est privé d'un gardien. Comme vous êtes l'unique héritier survivant de la vigie du Crépuscule, nous vous serions extrêmement reconnaissants de regagner vos pénates et d'y remplir votre devoir.

Ce n'était pas là une demande. Les hommes fixaient Will de leurs yeux impassibles et froids, attendant qu'il dise oui.

– Et si je dis non ?

Celui qui avait parlé se renfrogna. Son collègue silencieux se pencha en avant et annonça :

– La goélette *L'Aventurière* quittera le port de Falmouth la deuxième semaine d'août, monsieur Noire. À destination des îles Automnales. Nous avons pris la liberté de vous y réserver une cabine.

7
TERRE ! TERRE !

Certains soirs, la mer était une ligne sombre qui se détachait sur le ciel plus clair. D'autres soirs, c'était l'inverse. Il arrivait que les deux se confondent dans la même teinte. Parfois, une houle féroce s'abattait sur la grève alors qu'il n'y avait pas un souffle d'air. Ou bien le vent se déchaînait, provoquant des vagues furieuses qui, sur les rochers où elles se brisaient, évoquaient à Nuit les crocs blancs d'une bête qui grogne. Parfois encore, la surface était étale comme de la soie sur laquelle le soleil couchant jetait ses rayons dorés. L'océan avait de multiples facettes, et ses humeurs changeaient régulièrement, souvent en un clin d'œil. Il lui arrivait de s'éloigner de l'île comme s'il ne s'y intéressait plus du tout, puis de se ruer à l'assaut des falaises en rugissant. Lors de certains crépuscules, la mer, le ciel et la terre se mélangeaient en une couleur unique, si bien que Nuit n'apercevait plus que quelques fenêtres éclairées à Marazea ainsi qu'une lueur vacillante sur la plage, là où la vieille sorcière des mers Thurza Froy allumait ses feux de bois flotté.

Juillet céda la place à août, août tirait à sa fin, et l'oncle de Nuit n'était toujours pas rentré. La petite fille commençait à se dire qu'il ne reviendrait jamais. Il était sans doute trop occupé à Londres. Le 27, elle dessina un drapeau à côté de ses notes pour célébrer son deuxième mois de garde.

Elle avait cessé d'attendre l'apparition des Terres Cachées. Lorsqu'elle feuilletait le journal de bord, elle ne pouvait s'empêcher de constater la monotonie de ses commentaires ; après tout, l'été avait été d'un calme inhabituel. « 22 juin : ciel et horizon dégagés ; 23 juin : ciel et horizon dégagés. 24 juin : ciel et horizon dégagés. » Même si, le 5 août, elle avait précisé : « J'ai vu un renard attraper un lièvre dans les pierres levées de Saint-Phocas. » Elle comprenait peu à peu pourquoi M. Noire et ses prédécesseurs avaient noté ce genre de détails insignifiants avant elle, façon de rendre leur travail un peu plus agréable.

Un changement s'annonçait, cependant. Quand, le

soir du 3 septembre, Nuit monta à la pièce d'observation, elle se rendit compte immédiatement que, à l'ouest, le ciel paraissait constellé d'hématomes, et que la mer et l'air avaient cette tranquillité menaçante qui précède une tempête. Sur la côte, au nord de Marazea, une lumière couleur safran luisait parmi les épineux des Éboulis. Nuit se demanda si Thurza Froy avait invoqué la fureur des éléments – comme dans les légendes de jadis à propos des sorcières des mers –, puis elle conclut que, comme elle-même, la sorcière avait plutôt remarqué le tour qu'avait pris la météo et décidé de lui souhaiter la bienvenue avec un feu.

Au loin, le soleil se perdait, tel un charbon ardent, dans des couches de nuages violets. Alors que la lumière déclinait, Nuit s'empara de sa plume. Elle s'apprêtait à écrire : « Cumulus orageux à l'ouest, mer dégagée » lorsque, d'instinct, elle jeta un dernier regard au paysage et constata que la mer n'était plus du tout dégagée.

Sur la masse énorme des cumulus se dessinait une forme plus modeste et plus sombre. La petite fille retint son souffle, craignant que le moindre de ses gestes ne déplace le télescope, lui faisant ainsi perdre de vue les îlots mystérieux, au risque de ne plus jamais les retrouver. Elle tremblait. Ce n'étaient que des îles, une unique fenêtre brillait sur l'une d'elles, sauf qu'elles n'étaient pas là une minute auparavant, ce qui les rendait à la fois merveilleuses et effrayantes. Un peu comme une apparition du royaume des fées.

Nuit les contempla jusqu'à ce que le ciel lourd de pluie les engloutisse, effaçant la lueur sur la grève. Elle alluma alors sa bougie et se hâta de rédiger ses observations avant que sa mémoire ne s'estompe. L'encre n'était pas encore sèche que les fenêtres de la tour gémirent sous l'assaut des premières bourrasques tandis que des gouttes de pluie en martelaient les carreaux.

Son voyage entre les Déferlantes et son école du Devon avait terrifié Will. C'était la première fois qu'il montait à bord d'un bateau, une expérience affreuse pour un garçon ayant été nourri au lait des récits sur le Gorm. À chaque instant, il s'était attendu à ce que les profondeurs l'avalent tout cru.

Mais les douze années qui avaient passé entretemps, ainsi que ses connaissances en sciences naturelles, rendirent le trajet de retour bien moins angoissant. Le jeune homme savait maintenant que les brusques mouvements de la houle qui frappait la coque de *L'Aventurière* n'étaient pas dus à la colère du Gorm, juste à des contre-courants ou à l'écho de quelque ouragan tropical lointain. Quand apparurent les premières îles Automnales, il savait que leurs falaises aux sommets acérés n'avaient pas été forgées par des crocs monstrueux, mais par des processus géologiques. Il estima même fascinante cette preuve du nombre incroyable de siècles qui s'étaient écoulés depuis la Création, admirables ces strates de roches si différentes qui s'étaient entassées les unes sur les autres, comme les couches d'un gâteau de Mme Skraeveling, avant de se compresser et de se déformer. Debout sur le pont crasseux de *L'Aventurière*, il étudiait les côtes à l'aide d'un télescope, oubliant presque ses peurs d'enfant.

Les Automnales étaient innombrables. La légende racontait que Dieu, alors qu'Il dessinait le monde futur, avait maladroitement secoué Sa plume, éclaboussant Ses plans. Plutôt que de recommencer Son travail, Il avait alors décidé de transformer chaque tache d'encre en une île. Toutes ne présentaient pas le même intérêt, mais chacune possédait son petit port sordide, et le capitaine semblait déterminé à faire escale dans chacun d'entre eux.

Finnery, Lamontane, Gorsedge, Seapitts, Hoyt... Will les observait du pont de la goélette ou s'aventurait à terre, se promenant dans leurs eaux peu profondes sur ses jambes flageolantes qui avaient perdu l'habitude de la terre ferme à force de voguer, tout en songeant avec nostalgie à Londres où, à cette saison, les feuilles devaient recouvrir le lac de Saint James's

Park et les dames avoir revêtu leurs tenues d'automne. Au fur et à mesure qu'ils avançaient, les îles de l'archipel semblaient devenir de moins en moins civilisées. Au bout du voyage l'attendait la plus reculée et ennuyeuse de toutes, les Déferlantes.

– Bientôt chez vous, m'sieur ! lui lança un matelot quand *L'Aventurière* quitta Hoyt.

Will eut le sentiment que rien ne pouvait le rendre plus malheureux. Jusqu'à ce que la tempête venue de l'ouest s'abatte sur eux et lui prouve qu'il se trompait lourdement.

– Pas un temps de saison, grommela le capitaine.

Entre deux embardées et rugissements durant les heures sombres et interminables qui suivirent, il vint voir son passager. Comme d'habitude, il était ivre, et l'odeur de whisky qui émanait de lui n'arrangea en rien le mal de mer de Will.

– On dirait un gros temps d'hiver, enchaîna-t-il, alors qu'on n'est même pas en octobre. Enfin, ne vous bilez pas, monsieur Noire, on vous mènera à bon port.

Will ne le crut pas, mais il était trop nauséeux pour se biler. Agrippé à sa couchette, il contemplait un rat noyé qui flottait dans les dix centimètres d'eau sale qui avaient envahi la cabine. Il songeait qu'il n'aurait jamais dû quitter l'Angleterre, sauf que, lorsqu'il tentait de se remémorer sa vie là-bas, son esprit embrumé n'arrivait à lui fournir que quelques images floues : le reflet d'un rayon de soleil sur le miroir poussiéreux de la salle à manger dans son ancienne école, du Devon, des feux d'artifice auxquels il avait assisté dans le quartier de Vauxhall. L'océan avait vidé ces souvenirs de tout sens, et Will se sentait affreusement pitoyable.

Au bout de plusieurs heures ou de plusieurs jours, il descendit de son lit et grimpa à tâtons les marches ruisselantes jusqu'au pont. L'obscurité régnait, autant celle de la nuit que celle de l'ouragan, tandis que le vent jouait une chanson stridente et implacable dans le gréement. Une brusque embardée le projeta contre le plat-bord, et il distingua de l'écume à quelques pieds sous lui. Au loin, trois lignes verticales blanches luisaient, pareilles à trois éclairs refusant de s'éteindre. Will les observa avec des yeux ronds, cependant que le bateau le secouait comme un prunier. Puis il comprit.

– Les Trois-Sœurs ! s'exclama-t-il.

Il se souvint d'y être allé un jour avec Andrew. Il s'agissait de trois cascades qui dégringolaient des falaises des Pitreries, à l'extrême nord des Déferlantes.

– Terre ! Terre ! cria-t-il aux silhouettes en ciré qui tanguaient sur le pont et s'accrochaient aux haubans comme des singes trempés jusqu'aux os.

N'était-on pas censé hurler « Terre ! » sur un bateau ?

Malheureusement, les rafales lui arrachèrent ses mots, les écrabouillèrent et les jetèrent par-dessus bord. Les marins ne s'étaient rendu compte de rien, pensa le jeune homme, au bord de l'affolement. Il devait pourtant bien y avoir une vigie en haut du grand mât principal pour constater à quel point ils étaient proches de la côte. Le capitaine avait sûrement des cartes indiquant la dangerosité des récifs acérés qui, sur ce rivage de l'île, s'étendaient jusque loin au large.

Sa pire crainte se confirma, cependant. À part lui, personne n'avait vu le péril. Or, il ne pouvait rien faire pour empêcher la catastrophe et, en vérité, aucun matelot non plus. Pas avec le vent qui poussait la goélette vers les rochers, ni avec ceux affleurant d'aussi près à la surface.

Quand *L'Aventurière* s'embrocha sur l'un d'eux dans un fracas de tonnerre, Will tomba à l'eau. Il tenta bien de se rattraper à quelque chose, mais l'océan se referma sur lui. Il coula, se débarrassant de ses bottes qui se remplissaient d'eau et menaçaient de l'entraîner plus loin au fond. Il refit surface et, aspirant une goulée d'air, but la tasse. Les mâts du bateau se dessinaient sur un fond d'écume. Ils se trouvaient étonnamment loin et ressemblaient à des lettres inscrites sur le ciel. Avant que Will ait eu le temps de les déchiffrer, il sombra de nouveau. Il avala de l'eau salée, essaya de vomir, essaya de nager, essaya de remonter – sauf qu'il avait perdu tous ses repères.

Des courants violents se battaient entre eux pour l'engloutir. Les feux d'artifice de Vauxhall illuminèrent les visages de ses amis qui l'oubliaient déjà sans doute. Des étourneaux virevoltaient au-dessus des toits de Londres dans les couleurs rosées de l'aube ou du crépuscule. Un matin lointain d'été, Will courait derrière Andrew, escaladant une colline en direction d'un talus barré de quelques marches. Il avait six ou sept ans, assez jeune pour que chaque été représente une nouveauté. Il voulait observer les papillons et le lièvre qu'il avait aperçu blotti dans les coquelicots.

Mais Andrew le semait, et Will, apeuré par le bord de la falaise qui surplombait la mer, lui cria de l'attendre. Il suivit son frère défunt dans les sombres galeries d'une mémoire phosphorescente.

8
DÉCOUVERTE SUR LA PLAGE

À l'aube, le vent était tombé, et le ciel, du même rose pur que celui de l'intérieur des coquillages échoués sur les côtes, miroitait dans les larges flaques laissées par la marée descendante. Les sentiers de chasse qui zigzaguaient le long des flancs escarpés des Pitreries s'étaient transformés en petites rivières sous l'effet de la pluie, et Aish les foulait de ses pieds nus en direction de la plage.

Son peuple évitait la mer en général, et la femme-troll ne lui donnait pas tort. Mais l'océan, dans son humeur présente, assoupi après son déchaînement de violence de la veille, ne pouvait représenter un grand danger. S'il avait été assez sot pour oublier quelque trésor sur le rivage, Aish comptait ramasser le butin avant que les flots ne viennent le réclamer.

Ce matin-là, s'étaient échoués dans la baie de Mawgan de longues guirlandes de varech, le tableau arrière d'un vieux bateau et une espèce de chose blanche qui avait peut-être été un marsouin. Aish huma l'air frais. Elle avait le nez fin. Sur la falaise, elle pouvait dire par où un renard était passé la nuit précédente et sentir la très légère odeur de peur des lapins réfugiés dans leurs terriers, sous les ronces. Ici sur la grève, elle ne percevait que la puanteur des algues et le parfum froid et salé de la mer.

Comme elle craignait de trop s'approcher du bord, elle marcha sur la partie haute de la plage, donnant des coups de pied dans les tas de débris, dispersant au passage des nuées de puces de sable. Des crabes clairs s'écartaient devant elle en brandissant comme des trophées leurs pinces délicates. Les torrents d'eau de source qui ruisselaient sur la plage avaient la couleur du thé, chargés de la tourbe récoltée dans les collines. Ils étaient parfois si profonds qu'Aish fut obligée de remonter ses jupons jusqu'aux cuisses pour les traverser. Elle grimpa sur le promontoire. Au large, des mouettes tournoyaient au-dessus de l'empilement de rochers qu'on appelait le Pivot du Noyé. Il était tellement blanchi par le guano des oiseaux qu'on aurait dit un gros iceberg.

Et sur le sable de la baie d'à côté gisait un vrai noyé.

Étalé comme une étoile de mer à quatre branches, il avait l'insouciance absolue que seuls possèdent ceux qui dorment profondément ou sont morts. L'océan avait tenté de le déshabiller, comme il le faisait avec tant de ceux qu'il avalait. L'homme ne portait plus que ses hauts-de-chausses, un bas et une chemise détrempée. Sa bouche était bleue, et son visage du même blanc sale que les vaguelettes que la mer s'échinait à pousser vers lui. Là où ses cheveux avaient commencé à sécher, on devinait qu'il était châtain.

Tout bleu, blanc et mouillé qu'il soit, Aish le reconnut. Elle crut d'abord qu'Andrew Noire s'était de nouveau échoué sur la côte, mais l'événement s'était produit des mois auparavant, au milieu de l'été. Ce Noire-là dormait à présent dans sa tombe, donc il devait s'agir de son frère. Elle se souvenait d'avoir vu un jour les deux garçons qui se promenaient dans les bois, à une époque où ce noyé tout neuf n'était encore qu'un gamin. Ils discutaient et riaient, ignorant qu'Aish crapahutait au-dessus d'eux dans les arbres, ravie de voir leur bonne humeur, leurs vêtements idiots et la manière dont le soleil éclairait leurs cheveux couleur d'automne.

Elle s'accroupit auprès du corps et le renifla, mais elle ne sentit que la mer, qui avait effacé l'odeur naturelle. Il était sans doute à bord d'un bateau, ce qui était d'une bêtise crasse. Jamais Aish ne se serait aventurée sur l'océan capricieux et fantasque avec juste une coque en bois pour la protéger de la faim dévorante et froide de ses eaux. Puis elle se dit qu'il aurait été gêné d'être vu dans cet état. Bien que ce type ait été un imbécile, elle éprouva alors une grande compassion pour ce pauvre petit noyé.

Elle se pencha et l'embrassa. Un geste spontané qu'elle ne s'expliqua pas. Peut-être parce qu'elle avait de la peine pour lui. Ou qu'elle se le rappelait sous les traits d'un garçon adorable et gai. Ou qu'elle avait l'impression qu'il méritait un ultime baiser avant que le soleil ne chauffe, et que sa dépouille ne se mette à empester. Mais lorsque sa bouche effleura celle, glacée, du défunt, elle perçut une très légère réaction, suffisante pour qu'elle se redresse afin d'observer de nouveau le gisant. Les paupières mauves frémirent.

Appliquant le bout de ses doigts contre le cou de Will, Aish capta l'ombre d'un pouls.

Ainsi, le noyé n'en était pas un. La femme-troll dégrafa sa cape et y enroula le corps. Puis elle le souleva – elle était forte, et lui rien qu'une petite crevette d'homme – et l'emporta à l'abri dans les arbres avant que la mer affamée ne se rende compte de son erreur.

9
Le nouveau gardien

Un garçon qui travaillait à l'auberge de Pont-des-Trolls vint à cheval jusqu'à la vigie, à l'heure où Nuit faisait la vaisselle du petit déjeuner. Il apportait des informations épatantes. Un navire s'était échoué sur les écueils des Trois-Sœurs, et l'unique survivant, l'oncle de Nuit, avait été retrouvé sur la plage.

– C'est une sorcière-troll qui nous l'a amené, raconta l'employé, la bouche pleine d'une tartine beurrée que lui avait offerte Mme Skraeveling. Elle l'a porté depuis la baie de Mawgan comme s'il ne pesait pas plus lourd qu'un sac de patates. Il s'est réveillé quand on lui a fait boire une gorgée de brandy et, au moment où je suis parti, il mangeait des œufs au bacon. On m'a envoyé vous dire qu'il rentrerait aujourd'hui à la maison.

– Dieu soit loué ! s'exclama Mme Skraeveling. Allez, viens, Nuit, nous devons aérer la chambre de ton oncle, faire son lit et préparer une miche de pain et une tourte. Rien de tel qu'un naufrage pour aiguiser l'appétit d'un homme.

Ce fut une matinée d'activité fébrile – tendre les draps, retaper les oreillers, battre les tapis, pétrir la pâte, balayer les planchers, ouvrir les fenêtres – que suivit un long après-midi d'attente. Enfin, tandis que Nuit feuilletait de vieux livres dans le bureau de M. Noire en s'efforçant de réfréner son impatience, elle entendit des voix provenant du couloir, puis Mme Skraeveling qui l'appelait :

– Nuit ! Le jeune maître est là !

Elle lâcha son ouvrage, se précipita dans le corridor avant de se raviser et grimpa au sommet de la tour afin d'y prendre le journal de bord, persuadée que le nouveau gardien voudrait immédiatement le consulter. En redescendant, elle s'arrêta dans sa chambre pour coiffer ses cheveux et les attacher avec le ruban rouge sombre que Lucy Bonnefoy lui avait donné pour son anniversaire. Elle tenait à faire une première bonne impression.

Pendant ce temps, les domestiques avaient accompagné son oncle au salon. Debout sur le seuil de la pièce, elle attendit en trépignant qu'on la présente. Oncle Will était installé dans le fauteuil préféré de M. Noire. Comme M. et Mme Skraeveling se tenaient devant lui, Nuit fut obligée de se tordre le cou pour l'apercevoir.

Il était moins grand et beau qu'elle se l'était imaginé. Ses cheveux châtains étaient raidis par le sel, et les vêtements qu'on lui avait prêtés ne lui allaient pas du tout, trop larges à certains endroits, trop étroits à d'autres. Il était affalé dans le fauteuil, une attitude que M. Noire n'aurait certainement pas appréciée, songea-t-elle – il lui avait toujours ordonné de se tenir droite. Mais bon, elle se disait qu'elle devait se montrer tolérante envers oncle Will. Après tout, il avait fait naufrage.

Avançant d'un pas, elle fit sa plus jolie révérence et dit :

– Je suis ravie de vous rencontrer, monsieur.

Son oncle la dévisagea. Le journal de bord pressé contre sa poitrine, Nuit souriait. Pas lui. Il fixa le volume, l'intruse, puis lâcha :

– Qui est-ce donc ?

– La petite Nuit, jeune maître, répondit Mme Skraeveling.

Il se borna à la dévisager plus longuement. Elle se demanda si elle ne devrait pas l'amadouer par une nouvelle courbette.

– *Nuit ?* marmonna-t-il.

– La pupille de votre frère. Je ne doute pas que M. Andrew vous ait parlé d'elle.

– Pas du tout ! s'indigna Will. Quoique… un instant, oui, il m'a envoyé une lettre au pensionnat. Il y en avait des pages et des pages. Il a mentionné un enfant perdu qu'il avait recueilli. Mais il n'a plus jamais abordé le sujet. Il n'écrivait pas souvent. En tout cas, je n'avais pas compris que cette gamine était un arrangement définitif…

– Nous l'avons recueillie tout bébé, expliqua Mme Skraeveling. M. Andrew l'a adoptée, il lui a donné son nom de famille. Mon mari a été témoin.

– J'ai signé à l'encre rouge ! se rengorgea l'intéressé.

– Vous êtes certains qu'elle s'appelle Nuit ? insista oncle Will, l'air convaincu que les domestiques se trompaient.

– C'est le prénom que lui a attribué M. Andrew. Nous ignorons celui qu'elle portait avant, puisqu'elle était la seule survivante d'un bateau en perdition.

Le jeune homme toisa la petite fille d'une façon qu'elle jugea plutôt impolie.

– Nuit, murmura-t-il. Une blague entre Andrew et moi. Nous disions que, si nous avions un jour des enfants, nous les appellerions Perle, Mouton ou Nuit. Pour « nuit noire », voyez-vous. Ce n'était qu'une plaisanterie, ajouta-t-il en secouant la tête. Pas très amusante, je l'avoue.

Nuit commençait à se sentir un peu offensée. Cette rencontre ne correspondait pas du tout à ce qu'elle s'était imaginé. Elle se rappela cependant qu'elle avait affaire à un rescapé.

– Je suis vraiment très heureuse que vous ne vous soyez pas noyé, oncle William, dit-elle. Le naufrage a-t-il été épouvantable ? Et est-ce bien Aish qui vous a retrouvé sur la plage ? Vous a-t-elle donné un message pour moi ?

– Je ne me souviens plus du nom de cette femme, répondit-il. Elle était... une habitante des Pitreries. On m'a montré qui c'était, à Pont-des-Trolls, quand j'ai repris connaissance. Je lui ai proposé de la payer pour m'avoir secouru, mais elle s'est contentée de sourire d'un air entendu, de secouer la tête et de regagner ses bois. D'ailleurs, ajouta-t-il en fronçant les sourcils, pourquoi aurait-elle voulu te transmettre un message ?

Nuit resserra sa prise autour du journal de bord et rougit de fierté.

– C'est que, voyez-vous, oncle Will, c'est moi qui ai monté la garde en vous attendant.

Au lieu de la remercier, il jeta un coup d'œil chargé de reproches aux Skraeveling.

– Voilà qui est un tantinet contraire au règlement, si je ne m'abuse. Le gardien n'est-il pas censé être un homme ?

– Nécessité fait loi, monsieur, se défendit M. Skraeveling. Mes vieux yeux sont plus assez affûtés, et le révérend Bonnefoy est trop occupé avec ses paroissiens. Et puis, la jeune Nuit est une Noire de nom, à défaut de l'être par le sang. Comme elle s'est portée volontaire, on a pensé que...

– J'ai rédigé une note tous les soirs, l'interrompit Nuit, sauf hier à cause de la tempête, et les 14 et 15 juillet, parce qu'il y avait du brouillard et qu'on n'y voyait rien, à part les gouttes sur les vitres.

S'approchant du fauteuil de son oncle, elle lui fourra le volume entre les mains et l'ouvrit pour lui montrer les pages qu'elle avait couvertes de sa belle écriture. Elle songea qu'il devait être sous le choc de découvrir qu'il avait une nièce, mais deviendrait sûrement plus amical lorsqu'il se rendrait compte du soin qu'elle avait mis à la tâche.

– Le jeune maître est trop fatigué pour lire ces mots compliqués maintenant, chaton, objecta Mme Skraeveling.

Sauf qu'il était déjà en train de parcourir le journal. Nuit l'observa, très satisfaite de ses commentaires, qu'elle connaissait presque par cœur.

« 30 août : brouillard. Visibilité faible.

31 août : belle soirée, j'ai repéré les phares de bateaux de pêche au large de la pointe de Whitlake. Horizon dégagé à l'ouest.

1er septembre : soirée claire, mer dégagée jusqu'à l'horizon. Aperçu une tortue. »

L'entrée la plus récente datait de la veille et était beaucoup plus longue que les précédentes :

« 3 septembre, 20 h : j'ai vu les trois îles à l'ouest des Déferlantes ! Ou alors il n'y en avait qu'une avec trois sommets. Une lumière brillait sur la plage. Elles sont restées visibles pendant une heure entière, jusqu'à ce que le mauvais temps les avale. »

– Qu'est-ce à dire ? demanda oncle Will en la regardant.

– C'étaient les Terres Cachées ! s'exclama Nuit avec enthousiasme. J'ai bien distingué les montagnes et la lueur sur la côte. Vous croyez que ça annonce l'arrivée du Gorm ?

Il secoua la tête et lâcha d'une voix ferme :

– Non, petite, tu t'es trompée. Tu n'auras vu qu'un nuage. Un amoncellement de nuages bas sur l'horizon au crépuscule... Ce n'est pas rare, et il est facile de les confondre avec des terres. Je me rappelle avoir été leurré de la même façon quand j'avais ton âge.

D'abord ahurie, Nuit céda vite à la vexation et à la colère.

– Pourtant, mon oncle, il y avait une lumière. Une sorte de fenêtre éclairée. Je l'ai vraiment vue. Elle clignotait comme une étoile.

– Parce que c'en était une, répliqua-t-il sèchement. Que tu as aperçue au milieu des nuages.

– Non ! insista-t-elle. J'ai vu les Terres Cachées !

Mais sa voix tremblotait, et les larmes lui montaient aux yeux. Elle devina qu'elle avait tout d'une gamine capricieuse et non d'une gardienne raisonnable et fiable.

– Rien que des nuages, assena-t-il en refermant le journal d'un geste brusque.

Il se leva et lança aux Skraeveling :

– Nuit n'est qu'une enfant. Je vous accorde que ses yeux sont vifs, mais son imagination aussi. Il est aisé de prendre des nuages et une étoile pour des îles imaginaires. Voilà pourquoi notre père ne nous a pas autorisés, Andrew et moi, à monter la garde avant de nous avoir correctement formés.

– Nuit est futée, marmonna M. Skraeveling. Elle a rempli sa mission avec sérieux. Votre frère aurait été fier d'elle.

– Mon frère est mort, et ce travail n'a jamais été accompli par une femme. Ce soir, c'est moi qui m'en chargerai.

Nuit faillit protester, puis elle se ravisa et s'enfuit de la pièce avant que son oncle ne remarque ses larmes. Mme Skraeveling la suivit, lui assurant que le jeune maître ne pensait pas ce qu'il avait dit, mais la petite fille savait très bien que si. Elle était tellement dépitée que, un instant, elle songea qu'il avait peut-être raison. Sauf que non. Des nuages, elle en avait vu des tonnes. Ce qu'elle avait vu la veille était bel et bien des terres, aussi réelles et solides que la pointe aux Mouettes et les Pitreries. Elle se rua dans sa chambre, claqua la porte et se jeta sur son lit pour pleurer.

Comment M. Noire, qui avait toujours été raffiné et sensé, pouvait-il avoir un frère aussi malpoli, bête et méchant ?

10
LES POCHES D'ANDREW

Alors que Will errait à travers le manoir, certains détails qu'il avait oubliés resurgirent dans sa mémoire, souvenirs clairs et familiers : la fissure d'une dalle du carrelage d'un couloir, une tache de soleil sur le mur du salon. Le portrait du Gorm trônait toujours dans la salle à manger, mais il avait perdu son pouvoir effrayant sur le jeune homme. Ses élégants amis londoniens lui avaient appris pas mal de choses sur la peinture. L'artiste qui avait réalisé ce tableau avait représenté la mer avec talent, ça s'arrêtait là. Sa tentative de monstre était plus comique que terrifiante.

À côté était suspendu le fameux glaive, la lame du Gorm. Will se remémora les mots de l'ancienne légende familiale : « Vivait alors sur les Déferlantes un hallebardier nommé John Noire, auquel l'ange gardien de l'île avait offert une épée enchantée. S'en emparant, il s'aventura sur la plage et en frappa le pied du Gorm. Gravement blessé, ce dernier se retira en hurlant au large… » Si l'arme était impressionnante, elle ressemblait plus à l'ouvrage d'un forgeron que d'un ange gardien. Par ailleurs, il était évident qu'elle était accrochée trop haut pour que le plumeau de Mme Skraeveling l'atteigne. Will la trouva aussi minable et peu convaincante que le Gorm du tableau.

Il grimpa l'escalier, notant au passage les tiges en laiton fixant le tapis sur les marches, la chère tortue sculptée sur le poteau du palier au premier étage. En hommage au bon vieux temps, il lui caressa la tête, songeant qu'il était sans doute le premier à le faire depuis son départ au pensionnat. Puis il repensa à Nuit. La tortue n'avait peut-être pas dû se sentir trop seule, finalement.

Il regrettait ce qu'il avait dit à la gamine. Il comprenait à présent qu'il aurait mieux valu qu'il se prête au jeu des Terres Cachées. Il eut beau se dire qu'il avait été pris au dépourvu, il savait que ça n'excusait pas son comportement.

Dans la chambre d'Andrew, la sienne désormais, l'odeur du feu de tourbe ainsi que la vue sur le jardin et l'océan, au-delà des carreaux épais et un peu déformants, étaient identiques à celles de ses souvenirs. Il enfila le pantalon et la redingote que Mme Skraeveling avait déposés sur un chevalet devant le feu. Le manteau de son frère, solide et brun, avait quarante ans de retard sur la mode, comme tous les vêtements sur les Déferlantes. Il restait même quelques galets dans les poches. Ce pauvre vieux Andrew avait toujours aimé en ramasser.

Lorsque M. Skraeveling vint s'assurer qu'il ne manquait de rien, il lui dit :

– Je crains d'avoir été trop brusque avec l'enfant.

Il attendit que le vieil homme le contredise. Quand il s'en abstint, il ajouta :

– Je ne m'y attendais pas. Si j'avais compris qu'Andrew avait adopté une enfant, si j'avais pu me préparer…

– Elle s'en remettra, jeune maître. Vous inquiétez pas.

– Où mon frère l'a-t-il trouvée ?

– Ma foi, dans la baie de l'Homme-Blême. Si vous vous rappelez, M. Andrew adorait récupérer toute sorte de trucs sur la plage.

– Oui, mais il s'agissait de coquillages ou de vieilles bouteilles, pas d'enfants.

– Je parle point de ce qu'il cherchait, juste de ce qu'il a trouvé. Notre chère Nuit, échouée sur le sable après une tempête d'hiver. Ça a fait onze ans le

21 février. J'en suis sûr, parce que c'est la date qu'on a choisie pour son anniversaire, vu qu'on connaissait pas la vraie. C'était qu'un tout petit bébé, à l'époque. D'après M. Andrew, elle était dans une espèce de panier. Il l'a enveloppée dans son manteau et l'a ramenée ici. On a pensé qu'un bateau avait coulé au large, et que les parents de la pauvre gosse avaient eu le temps de la mettre dans cette barque de fortune avant de se noyer.

– Vous n'avez jamais découvert de quel navire il s'agissait ? Ni qui étaient ces gens ?

– Non, jeune maître. Votre frère a enquêté. Pas trop, à mon avis, par peur qu'on nous la reprenne. C'est qu'on s'y était tous attachés. Un trésor d'enfant, que c'était. Et puis, la période était sombre, à la vigie, après la mort de votre pauvre maman et ensuite de votre papa, vous qui étiez au loin en Angleterre. Cette petite sirène qui nous arrivait, hé bé, comme j'ai dit à Mme Skraeveling à l'époque, c'était exactement ce qu'il fallait pour réveiller un peu c'te vieille baraque.

Le silence tomba. Au rez-de-chaussée, Will entendit la voix de Mme Skraeveling et les rires de Nuit. Il fut soulagé qu'elle aille mieux, même s'il ne saisissait toujours pas pourquoi Andrew avait jugé nécessaire de l'adopter. Pourquoi ne l'avait-il tout simplement pas placée dans une des familles de paysans du coin ? S'il avait souhaité être père, pourquoi ne s'était-il pas marié pour avoir ses propres enfants ? Quant à ce nom absurde qu'il lui avait donné… *Nuit Noire*. Will éprouva soudain une frustration qui ressemblait beaucoup à du chagrin. Si seulement il avait pu voir son frère, discuter avec lui. Il n'avait pas la moindre idée de l'homme qu'il était devenu.

– Comment Andrew est-il mort ? s'enquit-il.

– On ne vous l'a donc pas dit, jeune maître ?

– La lettre que j'ai reçue de Bonnefoy mentionnait juste qu'il s'était noyé. Sans entrer dans les détails.

M. Skraeveling se dandina, mal à l'aise.

– M. Andrew était pas bien dans sa tête. Il souffrait de mélancolie. C'était déjà arrivé il y a douze ans, après que vous nous aviez quittés. Il avait été pris d'une sorte de tristesse et passait tout son temps à explorer la plage. Puis il a trouvé Nuit, et c'est passé. Sauf que, cette année, ça a recommencé, et qu'il a repris ses vieilles habitudes. Un soir de cet été, après sa garde, il est descendu à la baie et il en est pas revenu. La marée suivante a rapporté son corps.

– Il était tombé ?

Le domestique soupira.

– Ses poches étaient pleines de galets.

– Comme toujours, répondit Will en en sortant quelques-uns de la redingote pour le prouver.

Dans sa paume, les petites pierres avaient des allures de dés.

– Il ramassait constamment des choses sur le sable. Des galets, des coquillages, de vieux sacs à œufs… des bébés.

– C'est ce qu'a dit le révérend Bonnefoy, acquiesça M. Skraeveling. Mais par pure gentillesse, pour ne pas devoir refuser à maître Andrew le droit à une tombe de chrétien dans le cimetière de l'église. N'empêche, c'étaient de vrais gros pavés, cette fois. Non, jeune maître, c'était pas un accident. Votre frère a lesté ses poches et il est entré dans la mer. Volontairement.

11
LE GARDIEN SURVEILLÉ

Une fois un gardien digne de ce nom de retour sur les Déferlantes, Nuit s'était attendue à ce que tout revienne à la normale. Ce serait oncle Will qui la saluerait le matin et le soir, au lieu de M. Noire. À part ça, la vie à la vigie retrouverait son rythme familier.

Sauf que rien ne se passa comme ça. D'une, oncle Will ne se levait pas tôt. Là où M. Noire avait toujours été à sept heures précises attablé devant son œuf à la coque, il arrivait que son cadet reste au lit jusqu'à dix, voire onze heures.

– Les Londoniens ne sont pas debout à l'aube comme nous autres, expliqua Mme Skraeveling. Et ils ne se couchent pas non plus avec les poules.

Il paraît que les rues là-bas sont éclairées par des lampes, alors je suis certaine qu'ils veillent très tard et qu'ils dorment le lendemain pour se reposer. Et rappelle-toi que le jeune maître a fait naufrage. Ça a dû drôlement le fatiguer.

Nuit se demanda combien de temps encore son oncle allait utiliser cette excuse. Quand elle-même avait eu la grippe, Mme Skraeveling l'avait obligée à quitter son lit et à s'activer sitôt la fièvre retombée, sous prétexte que le travail et l'exercice étaient la meilleure façon de guérir. Elle en concluait qu'ils étaient également le meilleur moyen de se remettre d'un naufrage. Mais elle ne se plaignait pas trop, car les habitudes de son oncle lui évitaient de le croiser au petit déjeuner.

En revanche, pour son plus grand regret, elle ne coupait pas au dîner. Il essayait constamment de bavarder avec elle, comme s'il espérait qu'elle lui ait pardonné son impolitesse lors de leur première rencontre.

– Qu'as-tu fait aujourd'hui, Nuit ? lui demandait-il avec maladresse.

Ou :

– La soirée est plus fraîche, aujourd'hui, non ?

Comme elle n'était pas prête du tout à lui pardonner, elle se contentait de répondre :

– Pas grand-chose.

Ou :

– Plutôt fraîche, oui.

S'ensuivait un silence gêné, rompu seulement par le tic-tac de l'horloge, les raclements des couverts sur les assiettes, et les ragots que Mme Skraeveling leur rapportait de Marazea ou Stack, histoire d'alléger l'atmosphère. Pendant ce temps, le vieux Gorm les toisait depuis son tableau au-dessus de la cheminée.

– Gamin, ce tableau me flanquait la frousse, dit oncle Will. Je m'efforçais de m'asseoir de manière à lui tourner le dos pour ne pas le voir, mais ensuite je m'inquiétais que lui continue de me regarder. Je jetais des coups d'œil par-dessus mon épaule afin de vérifier qu'il ne rampait pas vers moi.

Nuit, qui avait agi exactement comme ça quand elle était plus petite, faillit répondre :

– Moi aussi !

Heureusement, elle se rappela juste à temps qu'elle ne voulait rien avoir en commun avec son oncle et se persuada que, au bout du compte, elle n'avait pas eu si peur que ça de cette peinture.

À l'instar d'oncle Will, la météo de septembre parut se rendre compte qu'elle s'était mal comportée, avec ses tempêtes et ses pluies diluviennes, et tenta de se rattraper en déployant une facette plus aimable de son caractère. Les semaines suivantes furent paisibles, le ciel et la mer retrouvèrent un bleu limpide, les collines se couvrirent de vert et d'or, les baies dans les haies mûrirent gentiment sous le soleil automnal.

Nuit profita de l'accalmie pour gambader au maximum à l'extérieur. Maintenant qu'oncle Will s'y était installé, la vigie n'avait plus la chaleur d'autrefois. Par ailleurs, elle redoutait, en restant trop à la maison, que Mme Skraeveling ne convainque son oncle de lui faire l'école, un détail qui avait été complètement négligé depuis la mort de M. Noire. Aussi, tous les matins, dès qu'elle avait terminé ses tâches domestiques, elle filait se promener, ramassait des mûres, descendait la falaise jusqu'au presbytère.

Cet été-là, elle n'avait pas eu beaucoup de temps à accorder aux enfants Bonnefoy. Lucy et Horatio semblaient une compagnie peu digne d'une personne aussi responsable et importante que le gardien des Déferlantes. Quant à la dernière, Emily, ce n'était encore qu'un bébé. À présent qu'elle avait été démise de ses fonctions, Nuit était heureuse qu'ils acceptent de nouveau de jouer avec elle. Le presbytère n'était pas aussi vaste que la vigie mais, quand le temps était beau, les portes-fenêtres restaient ouvertes, si bien que les enfants et leur bazar pouvaient s'étaler dans le jardin envahi par les mauvaises herbes. C'était une maison joyeuse, bruyante et désordonnée, où il se produisait toujours quelque drame mineur (« Emily a avalé un bouton ! » « Le chien a mangé le sermon de papa ! ») que les parents, avec entrain et patience, réglaient sans jamais s'énerver. Nuit aurait aimé vivre dans un tel foyer, avec une mère aussi gentille que Mme Bonnefoy ; elle aurait adoré faire partie d'une famille gaie comme celle-ci. (Elle n'osait imaginer la réaction d'oncle Will si un chien s'était risqué à mordiller ses affaires. Il l'aurait abattu, à coup sûr.)

Telle une bergère en porcelaine, Mme Bonnefoy avait un visage rose enjoué et des boucles blondes. Elle était alors plongée dans la fabrication de confitures, car le beau temps avait permis une récolte exceptionnelle dans son jardin. Nuit aurait bien voulu goûter à l'un des bocaux de framboises qui s'accumulaient sur les étagères du cellier, mais Lucy s'y opposa :

– Les confitures ne sont pas pour toi mais pour les pauvres. Maman va leur rendre visite dans toute la paroisse pour leur en apporter. Elle va même aller voir la sorcière des mers, et elle m'emmènera avec elle, parce que je n'en ai encore jamais vu une en vrai. J'espère bien qu'elle transformera Horatio en crabe.

– Moi aussi, renchérit le garçon. Je ferai un crabe splendide et je m'amuserai à pincer tes doigts de pied boudinés.

– Les enfants ! leur lança distraitement leur mère avant qu'ils ne commencent à se chamailler. Dis-moi,

Nuit, j'imagine que ton oncle a des tas d'histoires formidables à raconter sur son séjour en Angleterre ? Nous devrions peut-être l'inviter à déjeuner au presbytère un jour prochain pour qu'il en parle à Lucy et Horatio. Je n'arrive pas à les intéresser à l'histoire ou à la géographie.

Nuit n'avait pas du tout envie qu'oncle Will la suive chez les Bonnefoy, son refuge préféré quand elle tentait de l'éviter, et qu'il lui vole ses amis comme il lui avait volé son travail.

– Je crois qu'oncle William est beaucoup trop occupé, madame Bonnefoy, s'empressa-t-elle donc de répondre. Il doit lire tous les journaux de bord qui ont été rédigés pendant son absence, et ce n'est que le début.

Sauf que, étrangement, oncle Will paraissait plutôt indifférent aux observations de ses prédécesseurs. D'ailleurs, il l'était aussi à sa mission de gardien. Tous les soirs après dîner, alors qu'il repoussait sa chaise, il annonçait qu'il était temps pour lui d'accomplir son devoir. Il grimpait dans la tour, mais en redescendait souvent avant que le crépuscule soit complètement tombé pour lire un roman ou un recueil de poèmes auprès du feu. Une fois, même, début octobre, alors que des nappes de brume avaient voilé la mer toute la journée, il était revenu au bout de moins d'un quart d'heure en proclamant qu'il n'avait plus rien à faire.

La petite fille avait été choquée, les Skraeveling aussi, avait-elle deviné. Oncle Will ne pouvait ignorer que sa mission officielle consistait à surveiller le large jusqu'à l'obscurité totale, qu'il y voie quelque chose ou non, juste au cas où une brève amélioration de la météo laisserait une chance d'apercevoir les Terres Cachées.

Du coup, elle se demanda s'il se donnait même la peine de noter ses observations dans le journal, de lustrer le télescope ou d'accomplir les autres tâches de moindre importance liées à son poste. Aussi, le lendemain matin, profitant de ce qu'il était encore au lit, elle monta vérifier en personne.

C'était la première fois qu'elle remettait les pieds dans la pièce d'observation depuis le retour de son oncle. Elle constata avec plaisir que tout y était comme elle l'avait laissé. Sur son trépied, le télescope n'était pas trop terne, et le nouveau gardien avait bien rédigé un commentaire chaque soir. Certes, son écriture n'était pas aussi jolie que celle de Nuit, et ses phrases avaient tendance à être brèves. Depuis son arrivée, il s'était borné à griffonner « Rien » la plupart du temps, se limitant parfois à un « Idem » ou « Voir ci-dessus ».

Près du volume ouvert, il y avait une feuille de

papier luxueux sur laquelle défilaient des mots – d'une bien plus jolie plume, cette fois. Nuit parcourut deux paragraphes avant de comprendre qu'il s'agissait d'une lettre personnelle à destination de Londres. Oncle Will envoyait de nombreux courriers en Angleterre. Il déposait ses plis à l'auberge de Marazea, d'où on les portait jusqu'à Bon-Port, de l'autre côté de l'île, afin qu'ils soient expédiés par bateau. Nuit n'en voyait guère l'utilité – son oncle était si insipide et déplaisant que toutes ses connaissances ne pouvaient qu'avoir poussé un ouf de soulagement lorsqu'il était parti. À cette heure, ils devaient même l'avoir oublié. Il n'empêche, elle restait curieuse de ce qu'il était susceptible de leur raconter. Elle savait que c'était mal de fourrer son nez dans la correspondance d'autrui, mais elle savait également que c'était mal qu'un gardien gribouille des lettres au lieu de se concentrer sur sa mission et sur l'océan. Voilà pourquoi elle ne se sentit pas trop coupable de lire ce qu'il avait écrit.

Cher Constantine,

Tout aux Déferlantes continue de m'ennuyer. Je n'ai aucune compagnie digne d'intérêt, et il ne se passe jamais rien. Le rythme effréné de Londres me manque, avec ses cafés où l'on va un jour pour s'apercevoir qu'il a changé de propriétaire la semaine suivante, ou qu'il est devenu un salon de coiffure, une librairie, à moins qu'il n'ait été entièrement détruit pour permettre l'édification d'une rangée d'immeubles neufs ! Ici, tout est presque identique à ce que j'y ai laissé il y a douze ans.

Nuit s'interrompit. Il ne lui avait pas traversé l'esprit qu'oncle Will puisse éprouver solitude et détresse. Un bref instant, elle fut dangereusement près d'avoir de la peine pour lui. Dieu soit loué, la phrase où il se plaignait de ne pas avoir de « compagnie digne d'intérêt » lui rappela qu'il n'était qu'un vaurien. Franchement ! Et les Skraeveling ? Le révérend et sa femme ? *Elle-même ?* Si ça, ce n'était pas une « compagnie digne d'intérêt » ! Elle reprit sa lecture.

Au moins, la météo me sourit. Tous les après-midi, je descends me promener à Marazea, pousse jusqu'à la baie de Stinhall ou au vieux chêne à tête de cerf près du tumulus de la Chouette. J'observe les nuages au-dessus des collines et fais comme si la mer se trouvait à des milliers de kilomètres d'ici. Hélas, les ombres finissent toujours par s'allonger, et il me faut regagner la vigie afin de monter la garde. Mais quelle garde ? Il n'y a rien. Ni monstre imaginaire, ni îlots enchantés, dont tout homme moderne sensé sait qu'ils n'ont jamais existé et n'existeront jamais.

Je soupçonne que notre gouvernement craigne une révolte des barbares des Déferlantes s'il fermait la vigie et autorisait votre serviteur à retourner à des activités plus réjouissantes en Angleterre. Mais au moins, ne pourrait-on trouver un autre pauvre diable que moi pour jouer les gardiens ?

La lettre s'achevait sur ces mots gribouillés à la hâte. Oncle Will comptait peut-être la terminer le lendemain soir, à moins qu'il ait abandonné ce brouillon afin d'en faire une copie correcte. Ça n'avait pas d'importance cependant, car Nuit avait découvert le pire. Le nouveau gardien des Déferlantes ne croyait ni aux Terres Cachées ni au Gorm. Or, à quoi bon un gardien ne croyant pas à ce qu'il était supposé surveiller ?

Nuit repensa aux vieilles légendes, à l'immense Gorm s'arrachant à son sommeil sur les Terres Cachées. Quelle malchance que, en ces temps de danger imminent, le gardien soit son imbécile d'oncle ! Qui aurait sûrement refusé d'admettre l'existence du Gorm même si ce dernier avait émergé des profondeurs et agité joyeusement un de ses tentacules sous son nez.

Elle s'assit dans le fauteuil officiel, au creux de l'empreinte des fesses des aïeux d'oncle Will. Elle avait la certitude à la fois inquiétante et enthousiasmante de savoir ce qu'elle allait devoir faire. La sécurité des Déferlantes lui incombait à présent. Puisque oncle Will ne remplissait pas correctement sa tâche, elle allait devoir le remplacer.

À partir de maintenant, elle monterait la garde de son côté.

12
LE COFFRE-FORT

Si les journées d'automne étaient longues et tièdes, les soirées étaient fraîches. Quand, chaque après-midi, M. Skraeveling allumait les cheminées, l'odeur du feu ranimait les souvenirs de Will qui voletaient depuis les recoins des pièces, tels les papillons égarés surgissant parfois à l'heure du dîner, attirés par la chaleur, après s'être échappés de leurs nids douillets dans les rideaux.

Son enfance n'avait pas été heureuse, noyée dans des frayeurs constantes : celle de la mer, celle du Gorm et celle de son père, homme sévère dont on disait qu'il n'avait plus souri depuis la mort de son épouse. (Pour être franc, Will pensait qu'il n'avait pas souri non plus de son vivant.)

Comment, avec ce passé, son frère avait-il pu se convaincre que la vigie était l'endroit adéquat pour élever un enfant ? Voilà qui lui échappait. Si Nuit avait été un garçon, cela aurait été compréhensible, à la rigueur, puisque Will était parti, et que les Noire avaient besoin d'un héritier. Mais une fille n'avait pas le droit de devenir gardienne. Était-il envisageable qu'Andrew ait engrossé une femme des Déferlantes et inventé ce conte sur un bébé retrouvé dans un panier ?

Tous les soirs à table, Will observait minutieusement la petite fille. Elle n'était ni jolie ni banale. De temps en temps, il avait cependant l'impression d'apercevoir une légère ressemblance avec Andrew dans la manière dont elle inclinait la tête ou dans son regard sombre et vigilant.

Durant ces premières semaines, Will dormit mal. Il se couchait le plus tard possible en espérant se fatiguer au maximum mais, à peine fermait-il les yeux qu'il se revoyait à bord de *L'Aventurière* se fracassant sur les écueils des Trois-Sœurs, et qu'il se réveillait en frissonnant de terreur.

Allongé dans son lit, il se demandait à quoi servait la mer tandis qu'il l'écoutait soupirer et croasser au pied des falaises. « On ne peut y vivre. On ne peut la boire. On ne peut la cultiver ou en exploiter les fonds. Y pêcher et naviguer dessus sont deux activités extrêmement dangereuses. Comment Dieu a-t-il pu consacrer plus de sept dixièmes de Sa création à un élément aussi capricieux et déraisonnable ? »

Un soir, désespérant de retrouver le sommeil, il alluma une bougie et se rendit dans le bureau. Si Nuit était bien l'enfant secret d'Andrew, Will dénicherait peut-être dans l'un des journaux de bord un indice le renseignant sur l'identité de la mère. Il s'empara d'un épais volume, souffla dessus pour en chasser la poussière et le feuilleta jusqu'à la date évoquée par M. Skraeveling, le 21 février, douze ans auparavant.

En haut de la page de droite, Andrew avait écrit : « Brouillard bas rendant toute observation impossible. Si elle ne m'a pas montré les Terres Cachées, la mer m'a fait un cadeau intéressant, aujourd'hui. Alors que je me promenais sur la plage de l'Homme-Blême, j'ai découvert une petite nef en osier apportée par la marée de la veille. À l'intérieur, enveloppé dans une toile cirée, un bébé de sexe féminin. Il est en bonne santé – à l'heure où je rédige ceci, je l'entends brailler avec voracité pour qu'on lui donne à manger. Mme Skraeveling s'occupera d'elle, tandis que je me renseignerai pour savoir si elle a été mise à l'eau depuis un bateau passant dans les parages. Ça semble peu probable, cependant, car très peu de navires s'aventurent au large des Déferlantes. Et, dans ces cas-là, ils ont tendance à disparaître corps et biens. »

Rien de plus. Will remonta à l'année précédente, mais ne trouva que des rapports routiniers, à l'exception de celui du 17 mars, où Andrew avait ajouté : « Mon frère William Noire nous a quittés aujourd'hui. Il se rendra en bateau jusqu'à Falmouth, en Cornouailles, puis gagnera en malle-poste son pensionnat du Devon. Il nous manquera. »

Pauvre Andrew, songea Will. Lui avait rêvé de partir et de découvrir le vaste monde sans s'inquiéter une seconde du chagrin qu'il pouvait infliger à son frère.

Il rangea le journal et s'intéressa à la collection de curiosités et de reliques récupérées sur les plages de l'île. Il pensa que, si le bébé s'était échoué dans un panier, Andrew aurait plus été du genre à garder ce dernier et à se débarrasser de son passager. Il ne vit rien qui ressemble à une barque improvisée, cependant.

Grimpant sur une chaise pour inspecter le sommet de la plus haute étagère, il constata qu'une boîte avait été poussée tout au fond, à l'abri des regards. C'était un vieux coffre-fort en chêne, bardé et clouté de fer, lourd. Le jeune homme eut du mal à le descendre de son perchoir et, à la lumière, fut dépité de voir qu'il était verrouillé.

Le lendemain au petit déjeuner, il interrogea M. Skraeveling à ce sujet. Malheureusement, le domestique ignorait son existence et où pouvait se trouver la clé.

– Je peux le forcer pour vous, si vous voulez, proposa-t-il.

– Non, laissons tomber.

Will se lassa soudain de cette énigme. Dans la cuisine, Nuit fredonnait une chanson sur des chevaux tout en aidant Mme Skraeveling. La petite était heureuse, sa filiation était-elle si importante, après tout ? Andrew avait tenu à garder secret le contenu du coffre, et lui-même s'était déjà un peu trop mêlé des affaires de son aîné. Finalement, mieux valait que la clé ait disparu.

13
LA GARDE SECRÈTE

La vue, depuis la chambre de Nuit, n'égalait pas celle, incomparable, de la tour. Il n'empêche, ce qu'elle apercevait de l'océan correspondait exactement à l'endroit où elle avait distingué les Terres Cachées, et elle était certaine que, avec un peu de patience, elle les reverrait. Alors, elle irait trouver son oncle et les lui montrerait, ces îlots à trois sommets, tels qu'elle les avait décrits dans le journal, et il serait contraint de reconnaître ses torts :

– Oui, Nuit, tu as raison, complètement raison, et je suis un imbécile doublé d'un malpoli qui mérite un coup de pied aux fesses.

Ça se passait toujours comme ça dans les livres.

La jeune héroïne pleine de sagesse était récompensée, et l'adulte idiot qui avait douté d'elle, banni.

Quelle perspective alléchante ! Malheureusement, il y avait un os. Durant des semaines, la mer resta vide de tout, sauf du long sentier lumineux qu'y dessinait tous les soirs le soleil couchant.

Nuit était partagée entre l'agacement et le malaise. Elle ne doutait pas qu'il y avait *quelque chose* là-bas. Elle le sentait. Elle s'imaginait que les Terres Cachées surgissaient quand elle avait le dos tourné pour mieux s'évaporer au moment où elle scrutait l'ouest. Rien que pour l'embêter. Elle savait toutefois que les plaisanteries n'étaient pas leur style. Elles étaient trop vieilles, bizarres et graves pour ça.

Désormais, Nuit ne rêvait plus que de la mer et de ce qui se passait sous sa surface. Il arrivait qu'elle voie la vigie telle qu'elle devait apparaître à des observateurs au large et sa propre petite silhouette de poupée qui se découpait de l'autre côté des vitres. À d'autres moments, elle nageait à travers des forêts de varech dans une obscurité infinie où des lueurs fantômes se reflétaient sur les ailerons de poissons curieux, et où des navires abîmés pourrissaient, dérivant sous la surface. « Nuit, lui chuchotait la mer. Nuit… » En général, elle oubliait ses rêves au réveil, mais ils laissaient des impressions, comme celle du sel séchant sur sa peau, et quand elle s'agenouillait sur la banquette devant la fenêtre, chaque soir, des fragments épars lui revenaient et titillaient ses pensées.

Une nuit, elle rêva d'une belle dame qui émergeait des vagues et se tenait debout sur le sable, vêtue d'une robe aussi blanche que l'écume qui se brisait à ses pieds. Quand elle s'éveilla au matin, le songe était si clair qu'elle eut le sentiment qu'il correspondait à la réalité.

La femme avait un étrange air familier. Au bout de quelques minutes à y réfléchir, Nuit se rappela pourquoi. Elle retrouva le souvenir d'un jour de printemps, alors qu'elle était toute petite, peut-être à l'époque où elle avait appris à respirer sous l'eau, dans la flaque sur la grève. C'était à l'occasion d'une de ses promenades sur la plage avec M. Noire. Au détour d'une falaise, ils avaient vu une dame loin devant eux. M. Noire avait pris Nuit par la main et décrété qu'il était l'heure de rentrer. Elle avait docilement remonté le sentier, main dans la main avec lui, n'avait plus jamais repensé à l'apparition. Jusqu'à maintenant. Qui était cette femme ? Pourquoi restait-elle là où l'eau salée risquait d'endommager sa belle robe blanche ? S'agissait-il de la même dame que celle de son rêve ? Elle avait les mêmes cheveux noirs, le même visage solennel et pâle.

Nuit se leva et se dépêcha de quitter la maison.

Le jardin donnant sur le large n'était qu'une vaste étendue de pelouse qui descendait vers une haie de ronces, où avait été aménagé un portail. Au-delà, un chemin zigzaguait jusqu'à la baie de l'Homme-Blême. La petite fille contempla les environs. La plage était déserte, et la marée basse. Sur le sable humide et brillant étaient éparpillées de longues guirlandes d'algues qui ressemblaient à des lettres, comme si la mer s'était efforcée de rédiger un message.

Entre ces lignes, des empreintes de pas.

Nuit dégringola le sentier raide et boueux, hérissé de pierres anguleuses qui pointaient comme des échardes essayant de s'extirper d'une vieille plaie. La petite fille n'était jamais descendue sur la grève, à part avec M. Noire, et on lui avait répété maintes fois de ne pas s'y aventurer seule. Sauf qu'elle était la gardienne, à présent, et qu'il relevait de sa mission de tenter de comprendre les indices que l'océan laissait.

Au bas de la falaise, elle se précipita à travers la bande de galets jusqu'à l'endroit où elle avait aperçu les traces de pas. Les pieds qui les avaient formées étaient plus grands que les siens, mais plus petits que ceux de tout adulte de sa connaissance, et ils venaient de la mer. Apparemment, quelqu'un avait émergé des eaux, s'était approché du rivage et y était resté un moment avant de repartir vers le large.

Pivotant vers les terres, Nuit se positionna à la place du visiteur, mettant ses pieds dans ses empreintes, et observa le littoral. De là, elle ne voyait pas grand-chose de la vigie, à part le faîte des toits et les bras du sémaphore au sommet de la tour. En revanche, elle eut la sensation distincte que, derrière elle, quelqu'un l'épiait.

Elle regarda alentour. La plage était toujours déserte, les vagues clapotaient au loin. De rares goélands se reposaient sur la houle. Nuit se dit que ce n'était pas eux qui la surveillaient. Elle songea à la belle dame de son rêve et se demanda si elle était peut-être encore dans les parages, cachée sous la surface à l'espionner.

– Bonjour ! cria-t-elle. Je m'appelle Nuit. Et vous ?

Les vagues roulèrent, soulevant les oiseaux.

– Nuit ! Nuit ! lança une voix.

Malheureusement, ce n'était que Mme Skraeveling qui la hélait depuis le manoir. La petite fille s'élança sur la plage, courant comme pour s'amuser, sauf que ce n'était pas vraiment un jeu, car elle avait encore l'impression d'une présence dans son dos. Elle ne s'arrêta qu'en haut de la falaise où, hors d'haleine, elle se retourna afin de scruter la mer et l'horizon. Elle ne distingua que les traces de pas inconnues et les siennes qui allaient à leur rencontre. Les vagues vert bouteille se gonflèrent puis se dissipèrent en écume.

– Nuit ! chuchotèrent-elles.

– Nuit ! appela Mme Skraeveling. Viens prendre ton petit déjeuner !

Quelques tartines plus tard, Nuit interrogea Mme Skraeveling :

– D'après vous, qui a pu venir marcher sur le sable de la baie de l'Homme-Blême ?

– Personne, bien sûr, chaton.

– Pourtant, j'y ai vu des empreintes.

– Tu ferais mieux de ne pas aller sur la plage, la réprimanda la domestique.

– La marée était basse, je ne risquais rien.

– On risque toujours des ennuis avec la mer, répliqua-t-elle en versant le thé avant d'interpeller son mari : Dis-moi, Skraeveling, tu ne crois pas que la sorcière des mers serait venue jusqu'à chez nous ?

– Pas sans nager. Et je pense pas que la vieille Thurza Froy s'éloigne beaucoup de sa tanière, maintenant. C'était sûrement des pattes d'oiseaux que tu as vues, chaton.

Nuit était sûre que non, mais elle n'insista pas. Elle songeait à Thurza Froy. Celle-ci devait savoir des choses à propos des Terres Cachées. Si ça se trouvait, elle aussi les avait aperçues le soir de la tempête, quand elle avait allumé son feu sur les Éboulis. Sa mission de gardienne obligeait Nuit à la questionner. Si jamais l'océan mijotait quelque chose, une sorcière des mers était logiquement la bonne personne à qui s'adresser.

La perspective était presque aussi intimidante que l'idée d'aller discuter avec Aish. Pas tout à fait cependant, car Thurza Froy, au moins, n'était pas un troll. Par ailleurs, les Éboulis étaient plus près de la maison que les Pitreries. Enfin, et c'était pour le mieux, Nuit ne serait pas obligée de s'y rendre seule.

Ses corvées accomplies et les Skraeveling partis vaquer à leurs tâches, elle mit son bonnet et descendit à Marazea. C'était jour de lessive au presbytère, et Mme Bonnefoy et ses enfants aidaient la bonne à étendre le linge.

– Madame Bonnefoy, dit Nuit, quand vous irez porter un pot de confiture à Thurza Froy, j'aimerais venir avec vous, si ça ne vous dérange pas.

– Vraiment, ma chérie ? demanda la femme du révérend en sursautant.

– Oui. Des fois, j'aperçois ses feux depuis la fenêtre de ma chambre. À mon avis, elle se sent sûrement très seule.

– Je suis d'accord, acquiesça Mme Bonnefoy avec tristesse, et je crains que la solitude l'ait rendue un peu excentrique. C'est très gentil et chrétien de ta part de te préoccuper de son sort, Nuit.

– Quand pensez-vous y aller ? Aujourd'hui serait parfait.

– Je ne cesse de remettre cette visite à plus tard. Mme Froy est… ma foi, elle n'est pas toujours très agréable. Mais tu as raison, ma chérie. Il est grand temps que je me décide, et c'est une journée idéale pour se promener. Donne un coup de main à Lucy avec les draps, pendant que je prépare un panier, puis nous irons aux Éboulis ensemble.

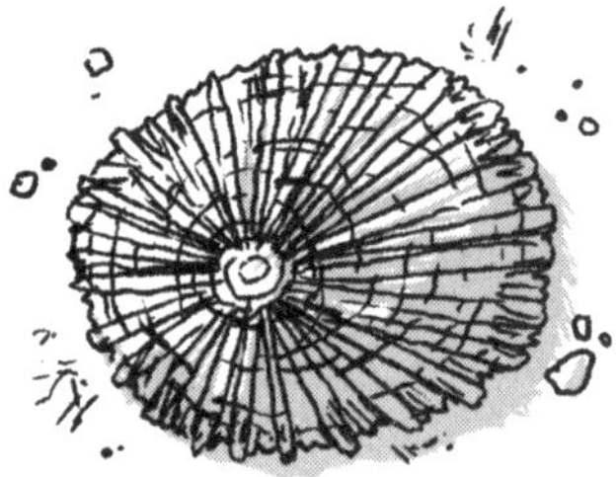

14
La légende de Thurza Froy

La sorcière des mers n'était pas née aux Déferlantes mais à Finnery, d'un père constructeur de bateaux. Jolie et douée pour les affaires, elle avait attiré l'œil d'un beau pêcheur de Bon-Port répondant au nom de Davey Froy, qui s'était pris pour le roi du monde lorsqu'il l'avait ramenée chez lui afin de l'épouser. Malheureusement, Thurza était vive et brillante, la dernière chose dont avait besoin un simple pêcheur. Une fois que la nouveauté du mariage eut perdu de son éclat, elle commença à s'ennuyer dans la charmante maisonnette de Davey. C'est là qu'elle s'intéressa pour la première fois aux légendes concernant le Gorm.

Finnery étant situé très à l'est des Déferlantes, les histoires sur les Terres Cachées qu'avait entendues Thurza pendant son enfance l'avaient plus fascinée par leur mystère et leurs promesses que par la frayeur qu'elles étaient censées inspirer. Des marins perdus en mer avaient, disait-on, aperçu sur la côte des îlots des palais en ruine aux toits dorés et aux sols d'ivoire qui auraient fait d'eux les hommes les plus riches de la chrétienté si seulement ils avaient eu le temps d'aborder et de voler un ou deux carreaux de carrelage. Naturellement, ça n'était jamais arrivé et, malgré leurs efforts, les intrépides n'avaient plus revu les Terres Cachées.

– Mais toi, Davey chéri, susurrait Thurza à son mari, si tu les localisais, tu récupérerais leurs trésors. Pense alors à notre fortune ! Tu ne serais plus obligé de passer des heures entières sur la mer déchaînée, à traquer le hareng furtif et le sprat rusé. Nous nous construirions une vaste demeure sur la falaise et prendrions de haut les habitants de Bon-Port.

– Arrête de dire des bêtises, femme, ronchonnait Davey Froy. Tout le monde sait que les Terres Cachées ne se montrent que quand elles le souhaitent. Si les anciens n'ont jamais pu les retrouver, comment diable crois-tu que, moi, j'y arriverais ?

– Parce qu'ils vivaient à une époque d'ignorance et de superstition. Toi, Davey, tu vis dans un monde de raison. Or, il est raisonnable de penser que les îles ne disparaissent pas comme ça. Elles *coulent*, c'est tout. Elles sont dissimulées sous l'eau, pas trop profond d'ailleurs, puisqu'elles remontent à la surface, soulevées par un volcan ou un autre prodige naturel du même acabit. Si les anciens n'avaient aucun moyen de les atteindre, les hommes d'aujourd'hui en sont capables.

Elle raconta ainsi à son époux qu'un monsieur d'Édimbourg, venu à Finnery avec un scaphandre, avait barboté au fond du port afin de collecter la cargaison d'un bateau englouti.

– J'aurais l'air d'un imbécile dans cet attirail, répliqua Davey quand elle lui eut décrit la chose.

Il n'empêche, l'appât d'un trésor perdu s'était transmis du cerveau de Thurza au sien. À partir de ce moment, lorsqu'il relevait ses filets de harengs argentés, il songeait qu'il aurait été bien plus formidable de remonter de l'argent. Les toits dorés des histoires de sa femme affleuraient toujours à la surface de sa mémoire, luisant comme ils devaient le faire sous la surface des mers occidentales. Il finit par céder.

– D'accord. Allons chercher ces Terres Cachées pour voir quel butin elles renferment.

Thurza s'empara aussitôt des aiguilles avec lesquelles

elle cousait les voiles des bateaux et lui fabriqua un scaphandre. Elle utilisa des peaux de phoque qu'elle frotta avec du suif et de la graisse de mouton pour les assouplir et les imperméabiliser. Elle sécurisa les ourlets avec du goudron. Le résultat fut une sorte de costume trop large et avachi avec des moufles au bout de chaque manche et des bottes lestées de plomb à l'extrémité de chaque jambe. En guise de casque, une cagoule conique tendue sur un cadre en osier. Deux petites fenêtres à l'avant luisaient avec la froideur d'yeux de requin et, à l'arrière, un tube en intestin de mouton se déroulait sur une dizaine de mètres pour que Davey puisse continuer à respirer l'air venu de la surface.

Le couple testa le scaphandre en secret, dans l'une des anses de la côte sud, histoire d'éviter qu'on devine ce qu'il préparait.

– Thurza chérie, tu verrais le jardin splendide qu'il y a là-dessous ! déclara Davey lorsqu'il émergea en chancelant.

Il retira sa sinistre cagoule. Il semblait différent, comme frappé de stupeur. À croire qu'il avait eu une vision.

– Le courant agite les algues, pareil à une brise invisible. Les étoiles de mer scintillent comme des fleurs sur les pelouses d'herbes marines. Je te jure, c'est le jardin d'Éden, en bas, ou alors…

Cette fois, ce fut Thurza qui reprocha à son mari de dire des bêtises. Ils étaient à la recherche d'or massif, pas de vents imaginaires ni de jardins sous-marins poétiques. Quoi qu'il en soit, l'expérience avait réussi : le scaphandre fonctionnait. Ils étaient prêts à se lancer dans leur quête.

Quelques jours plus tard, ils embarquèrent sur le bateau de pêche de Davey. Il n'y avait qu'eux deux, car Thurza avait songé que, s'ils emmenaient un des matelots de son époux, ils seraient obligés de partager le magot. Pourquoi diable y aurait-elle consenti, puisqu'elle avait fait l'essentiel du travail ? Davey n'avait besoin de personne d'autre qu'elle.

Le gardien de l'époque, Jeremiah Noire, le grand-père de Will et Andrew, les aperçut depuis les pelouses de la vigie et le consigna dans le journal de bord. « Vers neuf heures ce matin, par temps clair et vent du sud-est, une embarcation de Bon-Port a viré autour de la pointe aux Mouettes. Nous avons tiré le canon et hurlé à nous esquinter la voix pour tenter d'alerter le responsable de cette folie, mais il ne nous a pas entendus et a continué vers l'ouest. Que Dieu lui vienne en aide ! »

On ne revit plus jamais Davey Froy sur les Déferlantes. L'après-midi même, il y eut une tempête et, le lendemain, Thurza s'échoua sur les Éboulis, épuisée, amère et seule. C'est là qu'elle élut domicile, allumant ses feux de bois flotté, chantant ses sortilèges, maudissant, enviant et vénérant le Gorm. Les habitants de l'île prétendaient qu'elle savait faire partir les verrues et concocter des philtres d'amour. Ils chuchotaient que, en échange d'un peu de gin, de clous ou de toile, elle demandait au monstre de noyer un mari infidèle ou une femme acariâtre.

15
DE LA CONFITURE POUR LA SORCIÈRE DES MERS

Il y a fort longtemps, le littoral au nord de Marazea s'était écroulé pour former les Éboulis, une bande de terrain inégal parsemée de rochers qui séparait la grève des terres. Rares étaient ceux qui s'y risquaient, et la nature l'avait transformée en jungle.

Seuls quelques sentiers empruntés par les animaux serpentaient entre les touffes d'ajoncs et les bosquets d'arbres. Tandis que Mme Bonnefoy s'y frayait prudemment un chemin, chargée d'un panier de provisions destiné à Thurza Froy, les enfants couraient devant, telle l'avant-garde d'une petite armée d'envahisseurs. Sur leur droite s'élevait la falaise abrupte et sur leur gauche dégringolait un abîme tout aussi vertigineux. Ils percevaient le fracas des brisants, en contrebas, mais la végétation était trop touffue pour qu'ils distinguent autre chose que des pans de l'océan.

– On va voir la sorcière des mers ! chantonnaient-ils.

Il fallut que Mme Bonnefoy leur rappelle que les sorcières n'existaient pas. Du coup, Horatio se divertit en coupant les ronces avec son coutelas en bois, pendant que Nuit et les filles récoltaient des mûres. La moitié d'entre elles au moins étaient acides, parce que le diable faisait pipi dessus après la Saint-Michel, ce qui n'empêcha pas les enfants d'en goûter toujours plus, jusqu'à ce que leurs mains et leur bouche, couvertes de jus, deviennent violettes.

La sorcière des mers devait les avoir entendus depuis une bonne demi-heure lorsqu'ils finirent par arriver sur le promontoire miteux où elle avait bâti sa cabane. Il n'y avait personne sur place, cependant. Le foyer où Thurza allumait ses feux formait un cercle noir sur le sol. La hutte avait l'air d'un tas de bois empilé au petit bonheur la chance contre quelques gros rochers. Alentour, pareils à des sentinelles, des totems hideux faits de galets entassés se tenaient au garde-à-vous. Des pans de filet de pêche leur servaient de cheveux.

– Madame Froy ! appela Mme Bonnefoy.

Elle frappa poliment à l'entrée de la masure comme s'il s'était agi d'une vraie porte, alors que c'était un simple bout de bois récupéré sur une épave et attaché par des cordes à un pieu. Rigolards, les yeux écarquillés, les enfants se regroupèrent derrière l'épouse du révérend. Lorsque le battant s'entrouvrit de quelques centimètres, Lucy poussa un petit cri d'enthousiasme.

Une prunelle aussi vive que celle d'un oiseau les observait depuis la pénombre.

– Tenez, dit Mme Bonnefoy en brandissant son panier. Je vous ai apporté un cake, des poires, un chou de notre potager et un pot de confiture de framboises.

Thurza Froy dévoila de longues dents jaunes.

– Je n'ai nul besoin de vos restes, madame la généreuse, grogna-t-elle. La mer veille sur les siens. Elle m'offre du bon poisson frais.

– Mais on ne peut vivre que de poisson !

– Et des crabes. Des moules. Des algues.

Néanmoins, la sorcière tira un peu plus la porte et s'empara vivement du panier. La lumière du jour éclaira ses cheveux pareils à des toiles d'araignées ainsi que son visage velu et tanné. Elle scruta les enfants d'un air revêche.

– Vous vous souvenez de mes petits, lança Mme Bonnefoy avec obligeance.

La vieille femme jeta un coup d'œil négligent aux

rejetons du révérend. En revanche, elle contempla Nuit avec une attention soutenue, ce dont la petite fille se serait volontiers passée. La manière dont ces yeux noirs la fixaient avait quelque chose d'impressionnant.

– Tu lui ressembles, finit par commenter la sorcière. Tu as tout d'elle.

– De qui, madame Froy ? demanda Nuit.

Mais la vieille se ferma comme une huître, à croire que les mots lui avaient échappé et qu'elle se jurait de ne pas en révéler davantage.

– Je vous présente Nuit Noire, de la vigie, intervint gaiement Mme Bonnefoy. C'est elle qui a suggéré que nous vous rendions visite aujourd'hui.

– J'ai souvent observé vos feux, madame Froy, ajouta Nuit.

La sorcière lui cracha dessus ou, du moins, émit un bruit de crachat, comme si sa bouche desséchée ne contenait pas de salive.

– Et tu sais pourquoi je les allume ? Pour que le Gorm vienne vous écrabouiller tous autant que vous êtes. Pour qu'il déchaîne l'océan qui vous avalera. Ça ne devrait plus tarder. Les Terres Cachées se sont de nouveau montrées. Maintenant, le Gorm va surgir et, toi, gamine, tu seras piétinée et noyée, de même que cette minaudière et ses sales gosses, son arrogant bonhomme et tous les crétins de cette maudite île !

– Bon, mes chéris, décréta Mme Bonnefoy, je crois qu'il est temps que nous rentrions.

Nuit l'ignora lorsqu'elle tenta de l'entraîner avec elle.

– Vous n'avez pas peur d'être écrabouillée et noyée vous aussi ? lança-t-elle à Thurza.

Cette dernière crachota une seconde fois :

– Moi ? Non ! Pas Thurza Froy ! Je me suis construit une barque qui me maintiendra en sécurité sur les vagues, pendant que vous, bande de voyous, vous gargouillerez et grenouillerez et glouglouterez. Oh, tu tendras tes jolies menottes vers la vieille Thurza pour qu'elle te sauve, mais aurai-je pitié de toi ? Non ! Je dirai au Gorm qu'il te prenne, et pendant qu'il te réduira en chair à pâté, je voguerai vers les Terres Cachées, je m'emparerai de leurs trésors et je retrouverai mon Davey.

– Chère Thurza, intervint Mme Bonnefoy, avez-vous oublié que votre Davey s'est noyé ? C'est au ciel que vous le retrouverez, pas sur les Terres Cachées.

– Si ! Là-bas, la noyade ne signifie rien, car le noyé peut remarcher si le Gorm l'autorise. J'irai le voir, il me reconnaîtra, et nous rirons ensemble en pensant à vos cadavres gonflés, ballottés dans les profondeurs comme des crottes dans un pot de chambre.

– Elle a dit « crottes », maman ! s'exclama Lucy, délicieusement scandalisée.

Mme Bonnefoy avait l'air un peu dépassée par la situation.

– Allons, les enfants, nous ne devons pas déranger Mme Froy plus longtemps. Quant à vous, madame Froy, j'espère que vous savez en âme et conscience qu'il existe une entité plus vaste que le Gorm. C'est avec Son amour que nous vous avons apporté ces présents...

– Vous parlez du petit Jésus ? s'esclaffa la vieille. Le joli petit Jésus ? Je l'ai imploré, quand la mer m'a pris mon Davey. Pour ce que ça a changé. La mer était là avant votre Dieu, et elle sera là après Lui. Il n'a aucun pouvoir sur elle.

– Venez, mes chéris, dit Mme Bonnefoy avec un entrain forcé.

Sur ce, elle tourna les talons, suivie par sa marmaille. Nuit s'apprêtait à la rejoindre quand, soudain, la sorcière des mers jaillit de sa tanière et l'attrapa par le bras.

– Petite...

Sa voix enjouée sonnait tout aussi faux que celle de la femme du révérend. Peut-être parce qu'elle comprenait que son impolitesse avait eu raison de la patience de ses visiteurs et qu'elle essayait de se faire pardonner. Elle eut un sourire affecté et continua :

– Ma charmante, pourrais-tu montrer un peu de pitié pour la pauvre Thurza ? Si tu déverrouillais la grille de la vigie, ça me permettrait d'aller sur la Tête du Gorm pour y allumer un feu, non ? Rien qu'un petit feu pour réchauffer mes vieux os ?

La Tête du Gorm était l'ancien nom du cap de Saint-Phocas, là où se dressaient les pierres levées. L'enceinte et le fossé du manoir avaient été spécialement érigés pour empêcher les gens comme Thurza d'y enflammer leurs bûchers.

– Désolée, je n'ai pas le droit, répliqua Nuit en se dégageant.

Le sourire de la sorcière, déjà peu convaincant, tomba de son visage comme un tableau d'un mur.

– Que le Gorm t'emporte, alors ! gronda-t-elle. J'allumerai mes phares où je le peux et, un soir, il m'apercevra. Très bientôt, même. J'ai déjà vu des Hommes-Varech. Il va les suivre de près.

Reculant, elle claqua le battant de sa bicoque qui trembla sur ses bases. Nuit courut rattraper les Bonnefoy.

– Vous devez comprendre, disait la femme du révérend, que la pauvre Mme Froy croit à des choses imaginaires. Il n'empêche, notre devoir de chrétiens est d'être aussi gentils que possible avec elle.

Lucy et Horatio filèrent devant, oubliant déjà la rencontre. Nuit s'attarda auprès de leur mère et d'Emily. Elle repensa aux Terres Cachées qui s'étaient de nouveau montrées. Était-il vrai que les noyés remarchaient selon la volonté du Gorm ? Leurs pieds morts laissaient-ils alors des empreintes sur le sable de la baie de l'Homme-Blême ? Et que diable étaient les Hommes-Varech ?

16
À LA FENÊTRE

Quand Nuit rentra chez elle cet après-midi-là, la marée descendait. Avant le dîner, la petite fille fila en douce à la baie de l'Homme-Blême. Elle n'y découvrit aucune trace de pas, ne sentit pas non plus le regard de la mer sur elle. Elle repensa à la dame de son rêve et se demanda si elle revenait tous les soirs afin de contempler les falaises. Si elle pouvait grimper le sentier, Nuit songea qu'elle serait en mesure de la voir. Si seulement l'apparition montait et frappait à la porte, elle-même serait en mesure de l'interroger sur les Terres Cachées et le Gorm. Il était évident que cette femme en saurait plus à leur sujet que Thurza Froy.

Nuit s'approcha de l'eau, s'accroupit et dessina ses

initiales sur le sable mouillé, ainsi qu'une flèche qui indiquait la direction du chemin menant à la vigie. Ce qu'elle regretta aussitôt. Elle s'apprêtait à tout effacer quand une vaguelette se rua vers elle, si vite qu'elle dut reculer pour ne pas tremper ses souliers. La mer se retira en laissant derrière elle un sable vierge de toute marque. Elle avait lu le message, de la même façon que Nuit et Lucy Bonnefoy déchiffraient les épitaphes des plus vieilles stèles du cimetière de l'église en faisant courir leurs doigts sur les lettres fanées.

Debout face au large, Nuit attendit une réponse avec nervosité, mais il ne se passa rien, et les Terres Cachées ne jaillirent pas des flots. Un peu déçue, elle s'empressa de regagner le manoir afin de se changer et de mettre le couvert.

Il se peut toutefois que l'océan n'ait pas été totalement indifférent car, plus tard ce soir-là, alors que Nuit montait sa garde en secret, elle finit par distinguer quelque chose.

Le soleil se couchait à l'horizon. Elle avait entendu les pas d'oncle Will redescendant de la pièce d'observation et regardait une dernière fois par la fenêtre avant de gagner son lit. La mer et le ciel étaient d'un gris uniforme dans la lumière du crépuscule, sauf là où les ultimes rayons du soleil rosissaient les bords de petits nuages effrangés. Nuit était sur le point de se détourner quand, au bout de la baie de l'Homme-Blême, un objet rond et sombre émergea de l'eau. Il avait la taille d'une tête, mais sans en avoir du tout la forme. La petite fille le scruta avec attention, tentant de discerner s'il flottait à la surface ou s'il était la partie supérieure d'une entité submergée quand, soudain, il pivota vers elle. Malgré la distance, elle discerna le bref éclat de ses yeux.

Nuit sursauta, s'écartant de la fenêtre. Quoi qu'il se trouve là-bas, ce n'était pas la dame souriante de son rêve. Elle se dit qu'il s'agissait peut-être d'un phoque. Sauf que nul n'ignorait qu'il n'y en avait aucun à l'ouest des Déferlantes. Les phoques étaient trop malins pour fréquenter ces eaux maudites.

Le souffle court, Nuit colla de nouveau son nez sur le carreau. La tête avait disparu, la plage était vide. Elle se reprocha d'avoir cru à un mirage et se sentit tout à coup plus encline à accepter le principe raisonnable et réconfortant d'oncle Will, selon lequel ce qu'on voyait n'existait pas forcément.

Elle ferma les volets intérieurs, se déshabilla, se débarbouilla sans beaucoup de soin, enfila sa chemise de nuit et grimpa dans son lit. Mais, une fois qu'elle eut soufflé sa bougie et se fut allongée pour dormir, une idée perturbante et tenace envahit son esprit…

Et si ce qu'elle avait aperçu s'était volatilisé, non parce qu'elle l'avait imaginé ni parce que ça avait regagné le fond de l'eau, mais parce que ça avait nagé pour s'approcher de la côte, où les falaises l'avaient dissimulé ? Elle se représenta la créature qui glissait et rampait vers le haut de la plage, le long du sentier, sur les pelouses jusqu'à la maison, suivant la flèche qu'elle avait si imprudemment tracée sur le sable. Impossible de savoir ce qu'elle était. Le Gorm en personne, tout en crocs et écailles comme dans le tableau de la salle à manger ? Un matelot noyé attiré par la chaleur de la lumière qui filtrait à travers les découpes en forme de cœur des contrevents du salon ? Voire le défunt Davey Froy dans son affreux costume de plongée ? Nuit n'en avait pas la moindre idée. Mais elle ne réussirait pas à s'endormir tant qu'elle ne se serait pas prouvé qu'elle avait des visions.

Rejetant l'édredon, elle gagna sans peine la fenêtre dans l'obscurité et tâtonna en quête du crochet en cuivre des volets qu'elle ouvrit. Le clair de lune était bizarrement intense. D'abord, la petite fille ne distingua sur les vitres que son reflet pâle et flou, presque brumeux. Puis, peu à peu, avec une horreur grandissante, elle se rendit compte qu'un autre visage que le sien la regardait depuis l'extérieur.

Inhumain, il avait tout d'un grossier pastiche fait d'algues et de varech humides et luisants. Il la fixait avec des yeux froids et sans vie, pareils à des morceaux de verre dépolis par la mer.

Nuit eut l'impression de hurler longtemps avant que les adultes n'apparaissent, Mme Skraeveling la première, demandant :

– Qu'y a-t-il, chaton ? Que se passe-t-il, Nuit chérie ?

Puis oncle Will qui pestait contre le raffut. La petite fille évoqua en sanglotant « le visage, le visage d'algues », et M. Skraeveling, pieds nus, un manteau enfilé à la hâte sur sa chemise de nuit, armé de son vieux tromblon, entraîna oncle Will dehors afin de débusquer l'intrus.

Tandis que les hommes arpentaient les jardins d'un air important en criant des « Qui est-là ? Montrez-vous ! », Nuit resta auprès de Mme Skraeveling sous le halo de la lampe qui surplombait la porte de derrière. N'obtenant aucune réponse, les messieurs rentrèrent, piteux, gênés par le fusil de M. Skraeveling et la canne en bois qu'oncle Will avait attrapée au passage dans le corridor.

– Ce n'était qu'un mauvais rêve, décréta Mme Skraeveling.

– Non ! protesta Nuit. J'étais bien éveillée. Je l'ai vu ! C'était un Homme-Varech.

– Qu'est-ce que c'est encore que ces histoires à dormir debout ? s'écria William.

– Juste le nom que les locaux donnent aux amas d'algues qu'on croise parfois échoués sur la grève, expliqua M. Skraeveling. Certains ont la taille et la forme d'un humain. S'ils sont loin de la mer, on les appelle comme ça et on raconte qu'ils en sont sortis sur leurs jambes.

– Thurza Froy en a parlé quand je suis allée aux Éboulis avec les Bonnefoy, précisa Nuit.

– La vieille sorcière des mers ? s'exclama son oncle en sursautant.

– N'écoute pas cette folle, Nuit, grogna M. Skraeveling.

– Elle avait raison ! insista la petite fille. Elle a dit que les Hommes-Varech étaient arrivés, et il y en a un qui est venu jusque sous ma fenêtre !

– Sottises, chaton, répliqua Mme Skraeveling.

Oncle Will, qui se souvenait de ses accusations à propos des Terres Cachées et ne souhaitait peut-être pas en rajouter, tempéra les propos, cependant :

– Quoi qu'il en soit, nous l'avons effrayé, et il s'est sauvé. Tout ce que M. Skraeveling et moi-même sommes capables d'effrayer ne peut pas être aussi terrifiant, qu'en penses-tu ?

– Ce n'était qu'une chouette, si ça se trouve, tenta Mme Skraeveling.

– L'enfant peut-elle dormir avec vous cette nuit ? suggéra son oncle.

Exactement ce qu'elle-même désirait mais rechignait à formuler.

– À ton âge, poursuivit-il en souriant, j'étais enclin aux cauchemars, et il m'était toujours d'un grand réconfort de me faire un petit nid douillet dans la chambre de M. et Mme Skraeveling.

Nuit fut tellement surprise de le voir si compréhensif qu'elle ne put qu'acquiescer. Finalement, il n'était pas aussi méchant qu'elle le pensait.

Le domestique effectua une dernière ronde dans les jardins avec l'expression de léger regret qu'affiche celui qui a armé son pistolet mais n'a pas eu l'occasion de s'en servir.

– Viens, ma chérie, dit Mme Skraeveling, allons chercher des couvertures pour ton petit nid douillet.

17
Les Pitreries

Nuit dormit d'un sommeil sans rêves, blottie comme un chiot dans ses couvertures sur le sol de la chambre des domestiques. Elle se réveilla aux aurores, lorsqu'ils se levèrent pour vaquer à leurs tâches matinales, et regagna sa propre chambre, où elle ne trouva rien d'autre que la lumière du jour qui filtrait à travers les volets.

S'habillant rapidement, elle sortit. L'air était vif et clair, des brisants blancs s'abattaient sur la côte, poussés par un vent d'ouest. Le jardin était plein de leurs rugissements. Nuit se rendit sous sa fenêtre et contempla le sol nu qui s'étalait à ses pieds. Elle ne savait pas ce qu'elle allait y trouver. Des empreintes ?

Le sol paraissait avoir été foulé, mais sans doute par oncle Will et M. Skraeveling.

Ayant remarqué un éclat plus pâle dans la terre sombre, elle se pencha afin de l'observer. C'était un petit crabe couché sur le dos, dont le ventre ressemblait à un minuscule gantelet strié en porcelaine. Il n'était pas rare que les bourrasques projettent ainsi des débris sur la plage, mais la maison se trouvait très au-dessus de la mer, et Nuit elle-même n'avait encore jamais vu de crustacé par ici. Se retournant, elle inspecta les parages. Elle aperçut un sentier d'algues qui traversait les pelouses. Éparpillées çà et là, elles n'étaient guère nombreuses et avaient très bien pu échapper à la lanterne d'oncle Will la veille au soir. Il n'empêche, elles formaient un vrai chemin que Nuit suivit jusqu'à la grille de la haie, où d'autres filaments végétaux s'étaient accrochés. Il y en avait encore par-delà le portail, qui descendaient vers la baie de l'Homme-Blême. Au pied de la falaise, un grand tas de varech gisait sur les rochers. S'il ne ressemblait pas totalement à un homme, il en avait un peu l'apparence.

La petite fille le fixa un long moment. Si une créature l'avait vraiment espionnée par sa fenêtre et s'était enfuie en l'entendant crier, elle serait tombée à cet endroit exact, pour peu qu'elle ait trébuché. De là-haut, Nuit ne pouvait distinguer si le tas avait des yeux de verre, et elle avait peur d'aller vérifier ça de plus près. Elle caressa l'idée d'alerter son oncle et M. Skraeveling. La marée montait vite, cependant. Elle regarda les rouleaux écumeux bousculer le magma de varech, le soulever et l'emporter afin de le mélanger à la vaste salade d'herbes marines que la mer tournait et retournait sur la grève.

De toute façon, songea Nuit, les hommes se borneraient à dire que ce n'était que des algues. Malgré la gentillesse dont il avait fait preuve après l'incident, il était évident qu'oncle Will ne croyait pas plus à ces histoires que le vieux couple de domestiques. Il fallait que Nuit parle à quelqu'un qui la comprendrait.

Elle faillit presque retourner aux Éboulis afin de s'entretenir avec Thurza Froy, puis se souvint de l'invitation d'Aish à venir la voir si jamais elle remarquait quelque chose de louche dans l'océan. Comme si la femme-troll avait pressenti que ça arriverait. Comme si elle savait ce qu'il faudrait faire à ce moment-là. Sur l'instant, Nuit n'avait pas envisagé d'accepter l'aventure, mais après s'être retrouvée face à un Homme-Varech, elle se disait que rendre visite au peuple des trolls n'était pas si intimidant que cela.

Elle scruta les collines boisées des Pitreries, au nord, dont les sommets pointaient au-dessus de la brume matinale. M. Skraeveling ayant affirmé que le trajet prenait une demi-journée, elle calcula que, si elle partait maintenant, elle serait là-bas vers midi et aurait le temps de rentrer pour le dîner. Il faudrait qu'elle emporte des provisions, de même qu'un cadeau pour Aish, car il était mal élevé de débarquer chez quelqu'un les mains vides. Elle demanderait à Mme Skraeveling l'autorisation de prendre ce qu'il restait du délicieux gâteau conservé au cellier. Sans lui révéler bien sûr où elle comptait se rendre. Elle prétexterait une visite aux Bonnefoy.

Elle remonta vivement vers le manoir en réfléchissant à son projet. Dans son dos, les vagues roulaient sur la baie de l'Homme-Blême, s'attaquant aux rochers et s'en retirant, pareilles à des mains blanches qui auraient agrippé le pied de la falaise.

Une demi-journée, avait dit M. Skraeveling, sauf qu'il avait des jambes plus longues et solides que celles de Nuit. Ou alors, il avait eu un trou de mémoire. Au-delà de Marazea, le sentier côtier contournait les Éboulis et se transformait en route sinueuse qui escaladait les falaises abruptes. Toute la matinée, Nuit marcha péniblement, sa lourde musette lui battant les flancs. Le soleil d'octobre était chaud, mais le vent poussait des nuages depuis le large et, chaque fois que leur ombre l'enveloppait, elle sentait le froid de l'hiver dans l'air.

À midi, elle n'était qu'au niveau du vieux fort,

sur la colline de l'embouchure du torrent des Trolls. Nuit s'y reposa et, assise sur un rempart herbeux, mangea un morceau du gâteau de Mme Skraeveling. Elle songea à renoncer à son expédition, puis conclut qu'il serait dommage de rebrousser chemin maintenant. Elle engloutit une seconde part de gâteau pour alléger son sac et repartit.

Après le fort, la route s'orientait vers l'intérieur des terres en longeant le torrent des Trolls, une rivière rapide et tumultueuse dont les eaux avaient la couleur marron de la tourbe qu'elles arrachaient aux marécages, en amont. Sur la rive opposée s'élevaient les cimes rocheuses des Pitreries, couvertes d'arbres dont les feuilles d'automne lançaient des reflets dorés quand le vent les agitait. Pas un troll en vue, en revanche. Nuit traversa la rivière à Pont-des-Trolls, sous l'auberge du village, avant d'emprunter un sentier escarpé qui montait à l'assaut des collines à travers la forêt, amas de pierres moussues qui ressemblaient à des marches. Il était d'ailleurs possible que ça en ait été, avant que la nature ne se les approprie.

– Aish ! appela-t-elle.

Elle attendit avec nervosité que des trolls surgissent des buissons et s'emparent d'elle ou la capturent avec un filet comme un oiseau. Rien ne bougea, cependant, à part les branches, et elle n'entendit que l'écho de sa voix qui rebondissait sur les contreforts abrupts.

Les Pitreries avaient quelque chose d'unique par rapport au reste des Déferlantes. Les pentes étaient jonchées de gros rochers hérissés de mousse vert sombre. Au milieu se dressaient des arbres très anciens aux troncs gris de lichen. C'était un endroit déroutant, où la pierre avait des allures de végétation, et vice versa.

– Aish ! Mademoiselle Aish !

Des oiseaux s'égaillèrent. Nuit continua son ascension dans la lumière éparse et les ombres mouvantes, s'arrêtant parfois pour appeler Aish. Personne ne lui répondit, et elle n'aperçut aucun troll, bien qu'elle remarque çà et là des signes de leur présence : un talisman de brindilles et de cheveux suspendu à une branche, le crâne d'un corbeau attaché devant le trou d'un vieux chêne, une nasse à poisson en osier coincée entre deux pierres dans un ruisseau. Nuit ne prit conscience du garçon qui l'observait que quand il la héla :

– Hé !

Accroupi entre deux branches d'un arbre, il semblait avoir le même âge qu'elle, bien qu'il soit plus petit et trapu. Il ne ressemblait pas à un troll, avec son visage impertinent plein de taches de rousseur et sa tignasse couleur rouille.

– Tu es la fille de la vigie du Crépuscule, ajouta-t-il.

– En effet, reconnut Nuit en espérant qu'il n'avait pas remarqué à quel point il l'avait effrayée.

Il sauta de son perchoir et s'approcha d'elle. Il la fixa, puis effleura du doigt la manche de sa robe, comme s'il se demandait dans quelle matière elle avait été cousue. Lui-même ne portait que des culottes rapiécées et, en bandoulière, une lance dont la pointe était une pierre verdâtre. Les vaches qu'il gardait broutaient entre les arbres, aussi solides et rousses que lui.

– Quand tu auras fini de me dévisager, lui lança-t-elle, je suis à la recherche d'Aish. Pour affaires de gardien.

– Elle est là-bas. Elle t'a entendue et m'a envoyé à ta rencontre.

En souriant, il s'enfonça sur un sentier tellement étroit que Nuit ne l'avait pas remarqué. Il était si pentu qu'elle dut s'aider de ses mains et de toute son agilité pour suivre son jeune guide. Elle finit par émerger sur un vaste plateau rocheux, où était dressée une pierre. Sous ses guirlandes de lichen, on distinguait de vieilles inscriptions : des cercles imbriqués les uns entre les autres. Derrière, le sol disparaissait en une chute vertigineuse et boisée jusqu'à la mer. Revoir cette dernière après avoir passé si longtemps dans la forêt soulagea Nuit. Elle eut l'impression d'avaler une grande goulée d'air après avoir longtemps retenu son souffle. Sous le soleil de l'après-midi, l'océan était bleu et traversé par de mystérieuses bandes mouvantes d'eau calme et plus pâle, telles des routes ne menant nulle part.

Aish trônait sur la pierre, si immobile que Nuit crut d'abord qu'elle priait les anciens dieux locaux. Puis le garçon, qui l'avait précédée et s'était perché sur un rocher, cria :

– Aish, la fille est là.

La femme-troll s'était débarrassée de ses bois de cerf, qu'elle avait remplacés par les cornes recourbées d'un bélier. Au lieu de se retourner, elle tendit le doigt vers le large.

– Regarde ! Des dragons !

Nuit mit sa main en visière. Pas très loin du littoral, les vagues se brisaient sur un écueil sournois appelé le Porte-couteau de l'Équarrisseur. Juste à côté, la fillette aperçut un cou élancé faire surface et s'incurver comme celui d'un cygne noir. Elle regretta de ne pas avoir emporté le télescope de la tour. À cette distance, elle ne distinguait pas les rangées de dents acérées comme des poignards ni le dos osseux et les barbillons typiques des hippocampes. Il n'empêche, elle fut ravie de voir un vrai dragon des mers et pas une simple illustration dans un livre. Une seconde créature se joignit à la première et les deux parurent s'incliner l'une devant l'autre, comme des danseuses.

– Ils se font la cour, expliqua Aish.

– Je n'en avais encore jamais vu, répondit Nuit.

Lucy Bonnefoy dit que ça lui est arrivé, mais je crois qu'elle ment.

Aish hocha solennellement la tête, comme si elle savait tout de Lucy, et que ça ne l'étonnait pas.

– Ils jouent souvent là où l'eau est blanche, reprit-elle. Tiens, le mâle, en vrai poseur, étire son long cou pour montrer à la femelle sa force et sa beauté. Elle se demande si elle l'acceptera ou non pour bon ami. Je suis montée ici parce que j'espérais les apercevoir, et voilà qu'ils sont au rendez-vous. Comme toi. Une belle journée, somme toute. Tu es aussi bienvenue ici que les fleurs en mai.

Nuit se souvint qu'elle était bien élevée.

– Je vous ai apporté du gâteau, mademoiselle Aish. J'ai bien peur qu'il soit un peu écrasé et qu'il n'en reste plus beaucoup, mais il a un glaçage et des amandes.

– C'est un très beau gâteau, dit Aish en s'emparant d'un canif pour découper trois parts qu'elle distribua à chacun.

Lorsqu'elle eut terminé la sienne et se fut léché les doigts, elle lança :

– Et maintenant, gardienne, raconte-moi ce que tu as vu.

– Les îlots. Juste avant la tempête. Je vous signale que je ne suis plus gardienne, parce que mon oncle Will est revenu. C'est lui, le gardien, maintenant.

Sauf qu'il ne m'a pas crue quand je lui ai dit. À mon avis, il pense que les Terres Cachées n'existent pas. Ni le Gorm.

Aish soupira, déçue mais pas surprise, apparemment.

– Ton oncle Will est un idiot, alors.

Nuit éclata de rire, puis s'en voulut.

– Il a été très gentil avec moi hier soir quand j'ai eu peur, le défendit-elle.

– Et de quoi as-tu eu peur, Nuit Noire ?

Bien qu'elle ait posé la question, Aish avait pourtant l'air de le savoir.

– Avez-vous déjà croisé une créature qui ressemble à un homme constitué d'algues ? Avec des yeux en verre ? Elle marche et espionne les gens par leurs fenêtres.

Un instant, la petite fille eut l'impression que son interlocutrice était effrayée elle aussi. Elle se raidit, fronça le nez et porta sa main aux amulettes suspendues à son cou. Puis elle se ressaisit et demanda :

– Parce que tu en as vu une ?

Nuit narra les événements de la veille.

– Et Thurza Froy a dit que les Hommes-Varech allaient venir, et que le Gorm les suivrait…

– Il y a longtemps que la mer a dérangé l'esprit de Thurza. Mais la Gorm s'agite. Je la sens d'ici, quand le vent souffle de l'ouest. C'est arrivé à plusieurs reprises ces dernières semaines. La sensation est la même que celle qu'on éprouve quand une tempête se prépare.

– Moi aussi, je sens quelque chose, acquiesça Nuit. Pas comme une tempête, mais… j'ai l'impression que la mer me regarde.

Elle frissonna. Le soleil s'était dissimulé derrière les rochers, et l'air s'était brusquement rafraîchi. Sautant sur ses pieds, elle ramassa sa besace.

– Je dois me sauver ! Sinon, je serai en retard pour le dîner, et Mme Skraeveling s'inquiétera.

Aish se leva également.

– Non, objecta-t-elle. Il fera sombre bien avant que tu arrives chez toi et, avec ces tas d'algues qui rôdent, ça serait dangereux. Reste ici, en sécurité. Demain, je te raccompagnerai, et nous aurons une petite conversation avec ton idiot d'oncle.

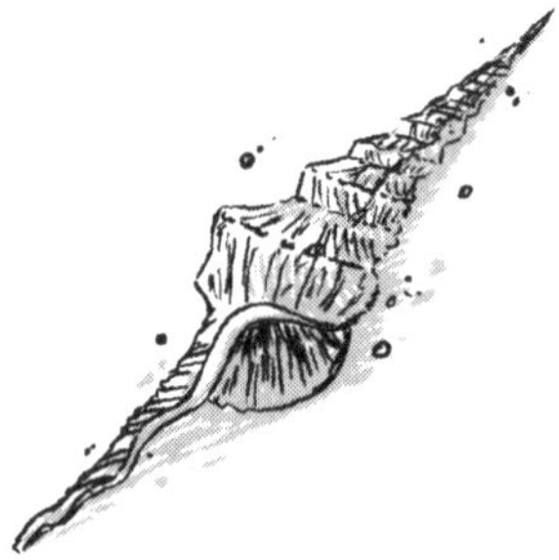

18
Le guet d'Aish

Nuit n'avait encore jamais dormi ailleurs qu'à la vigie, à part quand elle était tout bébé, dans son panier flottant. Elle savait que les Skraeveling allaient se faire du souci pour elle, mais le soleil était déjà bas à l'ouest, et l'idée de rentrer seule dans l'obscurité ne l'enchantait guère, avec toutes ces criques où les Hommes-Varech risquaient d'être à l'affût. Et puis, elle était curieuse de voir si les habitants des Pitreries vivaient vraiment dans des terriers, comme l'avait affirmé un jour Mme Skraeveling.

Aish s'élança d'un pas vif à l'assaut de la colline. Elle marchait comme elle parlait, vite et sans s'apercevoir apparemment que Nuit était plus petite qu'elle. La fillette eut du mal à suivre le rythme. Le garçon resta près d'elle, même s'il se vanta de pouvoir être beaucoup plus rapide si l'envie lui en prenait. Histoire de le prouver, il filait parfois devant et se perchait sur un arbre ou un rocher afin d'attendre Nuit. Cette dernière, bien qu'agacée par ce comportement, en fut cependant ravie, parce que Aish disparaissait souvent de son champ de vision, et on n'entendait plus que sa voix qui chantait dans les bois.

– Ta lance, c'est pour quoi ? demanda Nuit au gamin.

– Les lièvres. Les renards. Les loups. Elle est super affûtée. C'est moi qui l'ai fabriquée.

– Il n'y a pas de loups sur les Déferlantes. Je ne crois même pas qu'il en reste en Angleterre.

– Peu importe, si l'un d'eux nage jusqu'ici depuis ailleurs, je serai prêt. Les loups, ça ne me fait pas peur.

– Aish est ta mère ?

– Non !

– Ta sœur ?

– Bien sûr que non.

– Comment tu t'appelles ?

– Œuf.

– C'est quoi, ce prénom bizarre ?

– T'as vu le tien ?

– Aish est ta tante, alors ?

– Elle et moi, on n'a aucun lien de parenté.

– Tu es son domestique ?

Œuf s'esclaffa. Il distança Nuit, patienta jusqu'à ce qu'elle le rejoigne et déclara :

– Les miens viennent de Bon-Port. Mais ma mère est morte quand j'étais petit, et mon père était un voyou qui buvait toute sa paye et me battait quand il était fauché. Du coup, je me suis sauvé, pigé ?

La tristesse de sa réponse désarçonna Nuit, qui regretta de l'avoir interrogé.

– Pendant un moment, j'ai vécu du côté du cap de Stack. Là-bas, les oiseaux nichent dans les falaises et tu peux te nourrir de leurs œufs. À condition de ne pas avoir le vertige. Moi, je n'ai pas peur du vide. De rien du tout, d'ailleurs. Puis l'hiver est arrivé, avec le vent d'est, et je me suis réfugié ici, dans les Pitreries. Je me suis aménagé un coin douillet dans les rochers et, pour manger, je volais des poulets et du pain, tout ce que les trolls laissaient traîner.

Il bomba le torse et précisa fièrement :

– J'étais rudement malin. Ils ne m'ont jamais attrapé. Ils ont cru à un fantôme. Sauf qu'Aish est plus maligne que moi. Elle m'a traqué jusqu'à mon repaire et m'a demandé si je ne préférais pas gagner mon pain plutôt que le chiper et dormir près de son feu au lieu de sous une pierre froide. J'ai réfléchi. J'ai accepté. Depuis, j'habite chez elle. Ça colle entre nous. Des fois, pour lui rendre service, je fais des commissions pour elle. Ça ne veut pas dire que je suis son serviteur. Elle est mon amie, et je suis le sien.

Après la peine qu'elle avait éprouvée en l'entendant évoquer sa mère défunte et son père brutal, Nuit se mit soudain à l'envier. Elle ne connaissait pas d'adulte qu'elle puisse qualifier d'ami à proprement parler. Œuf avait l'air drôlement plus mûr qu'elle, par conséquent.

Ils continuèrent leur trajet en silence. Le chemin, de nouveau pentu, enjamba un mur écroulé couvert de mousse avant de déboucher sur un plateau. Nuit huma l'odeur de feux et de bonnes choses qui cuisaient dessus. Elle inspecta les alentours, soucieuse de découvrir si les aiguilles rocheuses et les tertres herbeux abritaient les terriers des trolls.

Il se trouva que Mme Skraeveling avait été mal informée. Les demeures des trolls consistaient en de modestes maisonnettes aux toits herbus, d'où la confusion de la petite fille qui les avait prises pour des éminences naturelles. La plupart étaient adossées à des affleurements dont les parois servaient de murs. Des chèvres et des poules gambadaient dehors, et des chiens amicaux vinrent renifler Nuit. Des enfants curieux accoururent, tandis que les adultes la dévisageaient depuis leur seuil tout en saluant Aish. Sauf leurs cheveux hirsutes et leurs vêtements démodés, ils ressemblaient beaucoup aux habitants de Marazea ou de Stack. Rares étaient ceux qui avaient autant qu'Aish l'allure d'un troll. Peut-être était-ce pour cette raison qu'ils donnaient l'impression de la considérer comme une personne d'importance et qu'ils la gratifiaient de hochements de tête respectueux, exactement comme les gens de Marazea lorsqu'ils croisaient le gardien. Nuit se rengorgea d'être vue en sa compagnie.

– Voici la butte des Pitreries, expliqua cette dernière. Il y a des dizaines de fermes et de villages dissimulés dans les recoins de notre pays, mais cette communauté est la plus vaste. Et la plus ancienne aussi, car c'est ici que les premiers arrivants se sont installés. Ils ignoraient que les Déferlantes étaient une île parce que, à cette époque, il régnait un froid si intense que la mer était gelée et dissimulée sous la neige. Les îlots émergeaient comme des montagnes blanches sur une plaine blanche. Les gens sont allés de l'un à l'autre, jusqu'à ce qu'ils découvrent ce sommet et décident d'y rester. Quand tout a fondu, ils ont eu un sacré choc en se retrouvant cernés par les eaux. Et un choc encore plus grand lorsqu'ils ont constaté qu'elles n'étaient pas désertes, et que cette bonne vieille Gorm les épiait. En tout cas, j'ai été bien contente de les voir se sédentariser. Avant, j'étais un peu seule.

Elle en parlait comme si elle avait assisté à l'arrivée

des trolls, ce qui était bizarre, car Nuit était certaine que la mer n'avait pas gelé depuis belle lurette, peut-être pas depuis avant le Déluge. Mais elle n'eut pas le temps d'y réfléchir plus longtemps, car Aish la conduisit dans sa maison, située à l'écart des autres. Tout le village les accompagna, apportant de la nourriture et observant la petite fille pendant qu'elle mangeait. Celle-ci ne fut pas intimidée par autant de spectateurs, car ils avaient l'air gentils. On lui présenta des tas de personnes, jeunes et vieilles, dont elle oublia aussitôt les noms et les liens de parenté. Elle était perdue et jugea plus simple d'avaler ce qu'Aish déposait devant elle tout en écoutant le doux parler des trolls qui s'interrompait souvent pour se transformer en chansons. Le pain était presque aussi bon que celui de Mme Skraeveling et généreusement tartiné d'un beurre jaune délicieux. Elle eut droit à un ragoût de bœuf accompagné de boulettes de pâte, puis à des pommes rôties arrosées de crème, encore toutes pétillantes du feu dont on les avait retirées. Œuf, qui semblait s'être autoproclamé protecteur de l'invitée, veilla à ce qu'on lui en donne deux.

Une fois rassasiée, Aish se tourna vers elle.

– Viens, lui ordonna-t-elle. Le soleil est en train de se mettre au lit, et on ferait mieux de jeter un coup d'œil à la mer avant qu'il tire les couvertures sous son nez et se mette à ronfler.

Nuit la suivit avec plaisir. Elle ne comprenait pas qu'elle ait pu avoir peur d'elle. Certes, elle avait quelque chose de sauvage, mais comme l'océan, ce qui la rendait plus fascinante qu'effrayante.

Un sentier en spirale escaladait les ultimes pics du village, se transformant en marches près du sommet. Tout en haut, une cuvette en granit accueillait une mare aux eaux frémissantes. Nuit contempla les forêts des Pitreries et un dernier rayon de soleil qui se reflétait à la surface d'un lac, entre les arbres. Au-delà s'étalait la mer vespérale d'un bleu profond. La petite fille avait presque oublié son existence, entre les bois et la maison d'Aish, et sa surprise égala quasiment celle que les trolls avaient dû éprouver au dégel.

– Je t'ai dit que je surveillais les Terres Cachées moi aussi, lança Aish. Pas tout le temps, mais toujours aux moments charnières de l'année. La magie aime les entre-deux. Elle se manifeste pendant les transitions, entre jour et nuit, terre et mer, homme et femme, aux changements de saison. Au milieu de l'hiver et de l'été, au tout début du printemps, à l'automne. C'est alors que les Terres Cachées se rapprochent le plus de notre monde. C'est alors que je les observe, d'ici. On appelle ce rocher le guet d'Aish.

Elles s'assirent au bord de la mare pour assister au coucher du soleil. Au nord et à l'est, on voyait des dizaines d'îlots parfaitement ordinaires, qui restaient à l'endroit où Dieu les avait placés. Nuit en connaissait les noms grâce à l'*Atlas des îles Automnales* qui trônait dans une des bibliothèques de la vigie. Elle distingua Hoyt et son port illuminé, le renfoncement bas et sombre de Finnery ainsi que Seapitts sous son épais nuage de fumée émanant des carrières. En revanche, à l'ouest, la mer était vide. Comme si les Déferlantes se tenaient vraiment à l'extrémité de l'univers.

– Jadis, reprit Aish, ceux qui avaient traversé les glaces et commencé à vivre ici ont aperçu les Terres Cachées. Au large, sous la lumière du crépuscule, elles avaient l'air jolies, mieux que ce qu'avaient à offrir les Déferlantes. Ils se sont mis à faire des offrandes à la Gorm, dans l'espoir qu'elle viendrait les chercher pour les accueillir sur ses îles. Ils ont dressé les pierres levées sur le cap, allumé des brasiers en son honneur. Flattée, elle est apparue sur la grève, sous l'apparence d'une belle femme, et s'est enivrée de leur amour, de leur vénération, car elle est vaniteuse.

Aish s'interrompit pour soupirer avant d'enchaîner :

– Malheureusement, elle est également lunatique. Ses adorateurs ont dû l'offenser, soit parce qu'ils ne s'étaient pas inclinés assez bas, soit parce qu'ils avaient dressé un feu trop modeste à son goût. Quoi qu'il en soit, elle s'est transformée en monstre enragé qui s'est déchaîné contre eux et les a engloutis dans les profondeurs. Toutes leurs villes ont été balayées, la moitié de mes bois aussi. Je les avais pourtant prévenus que c'était une mauvaise idée...

– Mais Aish, vous ne pouvez pas avoir été présente ! s'exclama Nuit. Pas à l'époque des pierres levées. C'était il y a des centaines et des milliers d'années, or vous n'êtes pas plus âgée que mon oncle ! Vous n'étiez pas née...

– Je ne sais pas quand je suis née. Je me rappelle avoir chanté mes ritournelles dans la forêt alors que les arrière-grands-pères des chênes étaient encore de jeunes pousses. Ce sont eux qui m'ont donné mon nom. Ils se le chuchotent entre eux quand, le soir, le vent du large souffle de l'ouest. Écoute, ils sont en train de le faire, là. Tu les entends ? *Aishhh, Aishhh*...

Nuit éclata de rire, car il était plus facile de décider que son amie se moquait d'elle. Même s'il n'était pas amusant de songer à ces pauvres trolls qui avaient été écrabouillés et noyés. Elle frissonna.

– Que *veut* le Gorm ? demanda-t-elle.

– J'ignore si elle *veut* vraiment quoi que ce soit. La Gorm est la mer, et la mer est la Gorm. Elle incarne la puissance qui réside dans les profondeurs marines. Elle a ses instants de mauvaise humeur et de douceur. Elle a souvent attaqué les Déferlantes et détruit ce que les habitants y avaient construit. La dernière fois, c'était quand John Noire s'est battu contre elle et l'a repoussée. Depuis, elle dort, mais j'ai l'impression qu'elle commence à s'arracher à son sommeil.

– Pourquoi ? Qu'est-ce qui l'a réveillée ?

– Aucune idée. Mais elle s'intéresse à toi, Nuit Noire. Ce que je comprends, car tu ressembles aux endroits que la marée descendante dévoile. Tu n'es ni franchement de la terre, ni franchement de la mer. Je l'ai perçu dès notre première rencontre. C'est inhabituel, parce que la guerre que se font la terre et la mer est la plus ancienne qui soit, et la plupart des choses ont choisi leur camp. La Gorm se demande peut-être si tu es de son côté.

– J'ai rêvé d'une dame debout sur la plage. Le lendemain, j'ai vu ses empreintes dans le sable. J'ai… j'ai dessiné une flèche pour lui indiquer où je vivais. Sauf que c'est l'Homme-Varech qui est venu, pas elle.

– La limite entre la mer et la terre forme la frontière de son royaume. Si la Gorm posait son joli pied blanc sur la terre ferme alors qu'elle aurait forme humaine, elle serait réduite en poussière et cendre. C'est sûrement pour ça qu'elle a envoyé un émissaire t'espionner par la fenêtre au lieu de se déplacer en personne. À mon avis, c'était plus par curiosité que par malveillance. Sois prudente, toutefois. Elle reste la Gorm. Même sa curiosité n'est pas sans danger.

Le soleil avait disparu, teintant les nuages au-dessus de l'océan de rose et d'or. Dans l'obscurité, les voix des arbres montaient jusqu'à la butte en murmurant le nom d'Aish. Soudain, mêlé au bruit des branches, Nuit perçut une nouvelle voix qui criait :

– Nuit !

19
La fugueuse

Madame Skraeveling se rongeait les sangs au sujet de Nuit depuis qu'elle n'était pas rentrée à la vigie pour le dîner. Au début, Will n'y prêta pas attention.

– N'est-elle pas au presbytère ? dit-il. Elle ne risque rien chez les Bonnefoy. J'imagine qu'ils l'auront gardée à souper et qu'elle reviendra demain matin.

Il finit cependant par accepter de se rendre à Marazea afin de s'assurer que la petite allait bien. Lorsqu'il découvrit qu'elle n'était pas là-bas, et que les Bonnefoy ne l'avaient pas vue de la journée, lui aussi commença à s'inquiéter. Empruntant le cheval du révérend, il poussa jusqu'au village, où il croisa un homme venu l'après-midi même de Pont-des-Trolls qui lui affirma avoir aperçu la petite fille qui traversait la rivière pour s'enfoncer dans les forêts des Pitreries.

Ainsi, songea le jeune homme, la gamine avait rendu visite aux trolls. La colère qu'il ressentait à cause des tracas qu'elle avait provoqués s'envola aussitôt. Il se rappelait combien elle avait eu peur après son cauchemar, à quel point elle devait avoir peur en cet instant, là-haut dans les bois, parmi des êtres étranges et attardés, alors que l'obscurité s'installait. À son âge, lui-même était presque constamment effrayé, et l'idée que l'enfance de Nuit soit assombrie par des terreurs identiques l'attristait. Il envoya donc un garçon à la vigie afin de rassurer les Skraeveling et se mit en route vers le nord, se disant durant tout le trajet qu'il allait tomber sur elle au détour d'un virage ou d'un col.

Ce qui ne se produisit pas. À Pont-des-Trolls, il n'eut d'autre solution que de laisser le cheval à l'auberge et de crapahuter dans les bois. Tandis que les arbres se refermaient autour de lui, il ne cessa de crier le nom de l'enfant.

Prenant Nuit par la main, Aish la ramena au village. Les habitants étaient sortis de chez eux pour voir ce qui se passait. Oncle Will surgit du trou dans le mur et les regarda. Il s'apprêtait à appeler Nuit une nouvelle fois lorsqu'il l'aperçut.

– Me voici, oncle Will, lui lança-t-elle.

Elle s'approcha, tête basse, afin de lui montrer qu'elle regrettait sincèrement de s'être sauvée.

– Nuit ! s'exclama-t-il.

Il avait l'air si soulagé qu'elle crut pendant une seconde qu'il allait la serrer contre son cœur. Puis, comme souvent avec les adultes, le soulagement se mua en colère.

– Où étais-tu ? Pourquoi ne nous as-tu pas avertis ? Par ta faute, j'ai manqué mon tour de garde…

– Elle n'y est pour rien, intervint Aish. Nous avons d'ailleurs surveillé la mer depuis notre propre poste de guet. Les terres de la Gorm ne se sont pas dévoilées. Nuit écrira tout ça dans votre grand cahier quand elle rentrera à la maison.

Avant de poursuivre, elle passa un bras affectueux autour des épaules de la petite fille.

– Elle est venue me demander des conseils, et j'ai préféré qu'elle reste ici ce soir plutôt que d'affronter le chemin du retour seule dans les ténèbres. Si vous le souhaitez, vous êtes le bienvenu également.

– Je… c'est vraiment très gentil de votre part, mais ce ne sera pas nécessaire.

Will avait reconnu Aish comme celle qui l'avait porté depuis la plage après son naufrage et il était si gêné qu'il n'osait croiser son regard. Se concentrant sur les grands pieds nus de son interlocutrice, il ajouta :

– Un cheval m'attend à Pont-des-Trolls. Nous allons retourner au manoir tout de suite. Récupère tes affaires, Nuit.

La petite fille courut ramasser sa besace, qu'elle découvrit bourrée de pommes rouges rebondies. Ses nouveaux amis lui dirent au revoir tandis qu'elle se hâtait vers oncle Will. En pensant qu'il avait fait tout le trajet pour la retrouver, elle fut à la fois embarrassée de lui avoir causé autant de souci et plutôt contente qu'il se soit assez inquiété pour venir la chercher.

– Je vous accompagne jusqu'au pont, décréta Aish. Sans moi, je ne sais pas comment vous vous orienteriez sur nos sentiers sinueux à cette heure des chouettes. Pour être honnête, je ne sais même pas comment vous êtes arrivé ici, Will Noire.

Ils partirent. Will ayant emprunté une lanterne à l'auberge, il insista pour ouvrir la voie. À son côté, Aish souligna qu'il y verrait mieux s'il l'éteignait et laissait ses yeux s'habituer à l'obscurité. Un peu en retrait, Nuit suivait le mouvement. Elle ne tarda pas à percevoir des pas proches et se rendit compte qu'Œuf les avait rejoints. Il lui adressa un clin d'œil complice.

– Je tiens à entendre ce qu'ils se disent, souffla-t-il. À les écouter se chamailler. Ils se provoquent comme ces bons vieux dragons des mers.

La petite fille ne comprit ni le sens de ses paroles ni celui de son clin d'œil. Même si, dans le silence ambiant, il était impossible d'échapper à la conversation des adultes.

– Alors, quels conseils avez-vous donnés à Nuit ?

– Juste celui de prêter l'oreille à la mer si elle s'adressait à elle.

– La mer ne parle pas.

– C'est ça qu'on apprend aux beaux messieurs de Londres ? Sans doute parce qu'ils vivent trop loin des profondeurs de l'ouest. Ils ont oublié la Gorm.

– Ils n'y croient pas. Moi non plus. Ce ne sont que des contes de bonne femme.

– Ah ! Mais si la Gorm croyait en vous, elle ? Sur les Déferlantes, les bonnes femmes sont réputées pour savoir une ou deux choses.

– Peut-être. Mais à cette époque où la raison domine, la science moderne a démonté ces improbables balivernes. En Angleterre, la mer est considérée comme une voie commerciale et un lieu de loisirs bons pour la santé. Il existe à Brighton des machines pour se baigner. Elles ressemblent à de petites cabines sur roues où l'on peut se changer en toute intimité avant d'être poussé jusqu'aux vagues…

– On noie les gens ? se récria Aish. Quelle horreur ! Qu'ont fait ces malheureux pour mériter une telle fin ?

– Rassurez-vous, mademoiselle Aish, il ne s'agit en rien d'un châtiment. Les clients utilisent ces machines de leur plein gré afin de bénéficier des bienfaits des bains de mer.

Aish émit un son qui mêlait ironie et mépris.

– Ils doivent être bien fous, là-bas. Et vous, Will Noire, l'êtes encore plus qu'eux si vous ne vous en rendez pas compte.

Dans leur dos, Œuf donna un coup de coude à sa voisine.

– Elle l'apprécie, murmura-t-il. Je te parie qu'ils seront mariés d'ici l'été prochain.

– Ne dis pas d'âneries, le réprimanda Nuit.

Elle allait ajouter que personne de sensé n'aurait jamais envie d'épouser son oncle, quand le chemin bifurqua brusquement pour dégringoler sur la pente raide. Les adultes s'étaient arrêtés.

– Regardez, indiqua Aish, alors que les enfants les rattrapaient. D'ici, on aperçoit les lumières de Pont-des-Trolls. Suivez ce sentier sur une centaine de mètres, et vous arriverez à la rivière.

Retirant un des talismans qu'elle portait autour du cou, elle le tendit à Nuit.

– Tiens, il te protégera.

Will leva sa lanterne pour que sa nièce distingue ce qu'on lui avait mis dans la paume. C'était une pierre gris-vert de la taille d'un œuf de caille, percée en son milieu. Un fil de brindilles tressées passait par le trou afin d'en faire un pendentif. De très légères stries avaient été gravées dessus. S'il s'agissait de mots, Nuit ne réussit pas à les déchiffrer, et s'il s'agissait de dessins, elle n'aurait su en déterminer le motif.

– Ce n'est qu'un caillou, précisa Aish, mais il provient d'un lieu élevé de l'île où la mer n'est pas en mesure d'exercer son pouvoir. Si jamais les Hommes-Varech de la Gorm reviennent t'embêter, ils y réfléchiront à deux fois.

Nuit la remercia en glissant la ficelle par-dessus sa tête.

– Vous êtes trop aimable, mademoiselle Aish, ronchonna oncle Will avec raideur, mais il est inutile de...

– C'est bon, l'interrompit la femme-troll. J'en ai des tas d'autres.

Effleurant les grigris qui ornaient sa poitrine, elle se tourna vers Nuit.

– J'avais raison à propos de ton oncle. C'est un sot. Donc, en attendant qu'il entende raison, tu dois continuer à monter la garde, et je ferai pareil de mon côté.

– Promis !

Aish l'embrassa. Nuit chercha Œuf du regard, mais il semblait s'être évanoui dans l'obscurité. Tandis qu'elle reprenait sa route avec son oncle, Aish lança :

– J'enverrai l'Œuf prendre de tes nouvelles dans un ou deux jours. Si tu as besoin de moi, n'hésite pas à le lui dire.

– L'Œuf, c'est un garçon, expliqua la petite fille à son oncle. Pas un vrai œuf.

– Merci de le préciser.

Aish resta sur place à les observer jusqu'à ce que la lueur de la lanterne ait traversé le pont et se soit fondue dans celles plus vives des lampes de l'auberge. Sautant d'un arbre, Œuf atterrit à côté d'elle. Seul son sourire éclatant et insolent permettait de le distinguer dans la pénombre.

– Alors, comme ça, c'est ton nouveau chéri, Aish ? Tout ce que tu trouves dans la mer est à toi, hein ?

La femme-troll lui lança une pierre qu'il rattrapa au vol avant de repartir en courant à l'assaut de la colline, hilare.

20
MAGIE OU FOLIE ?

La lune avait depuis longtemps plongé dans la mer quand le cheval fourbu ramena ses passagers à la vigie. M. Skraeveling s'empressa de dorloter l'animal, tandis que sa femme dorlotait Nuit. Cette dernière avait dormi pendant presque tout le trajet et ne se réveilla que pour boire du chocolat chaud et préciser à Mme Skraeveling que les trolls ne vivaient pas dans des terriers. Elle bâillait si fort qu'elle avait du mal à s'exprimer, et la vieille domestique finit par lui dire :

– Tu m'en parleras demain matin, chaton.

Puis elle l'envoya se coucher.

Personne ne dorlota Will, ce qu'il ne souhaitait d'ailleurs pas. Il s'installa à la table de la salle à manger, seul avec ses pensées et une assiette de tartines au fromage. Les deux dernières soirées lui avaient donné matière à réflexion.

Aish l'avait dérouté. Il ne l'avait envisagée que comme une sorte de sorcière bouseuse et limitée. Sauf qu'il avait découvert qu'elle était assez intelligente pour soutenir une conversation avec la plupart de ses amis londoniens, et assez charmante pour rivaliser avec les dames de la compagnie, pour peu qu'on oublie son curieux accoutrement. Il était vraiment dommage que son esprit vif soit rempli d'autant de vieilles superstitions populaires.

Cela l'amena à songer à un autre esprit vif, celui de Nuit. Là encore, il était vraisemblable qu'il débordait encore plus du même genre de bêtises. Mais comment aurait-il pu en aller autrement, puisque ses uniques sources de savoir étaient Aish, les Skraeveling et cette pauvre folle de Thurza Froy ? Andrew avait certes tenté de l'instruire, sauf que lui aussi avait fini par croire à la magie de l'océan, apparemment.

Une fois les Skraeveling couchés, Will alla chercher un marteau et un burin dans l'atelier, puis grimpa dans le bureau de son frère, où il descendit le coffre-fort de son étagère. Il était temps de découvrir les ultimes secrets de son aîné. La serrure avait l'air inviolable, mais il tourna le coffre et réussit à glisser la pointe du burin sous le couvercle. Ce dernier céda après quelques coups de marteau bien ajustés.

Le jeune homme ignorait ce qu'il s'attendait à trouver à l'intérieur. Un trésor ? Il n'y avait là qu'un petit bracelet en corail d'un rose délavé et quelques feuilles pliées. Il les emporta dans sa chambre. Il avait déjà deviné de quoi il s'agissait, ayant reconnu la trame et le poids familiers du papier. Il ne s'était pas trompé. À la lueur de la lampe à huile, il constata qu'il avait en main des pages du journal de bord qu'Andrew avait soigneusement découpées. Elles dataient de douze ans auparavant, de l'été qui avait suivi le départ de Will pour l'Angleterre.

« 7 mai. Ce soir, les îlots sont parfaitement distincts. Cet après-midi, je l'ai revue, quand sa tête a fait surface à trois mètres de la plage. Elle a repoussé en arrière ses cheveux noirs et a longtemps soutenu mon regard. »

« 8 mai. J'ai arpenté la grève toute la journée. J'ai aperçu les Terres Cachées, pareilles à des nuages bas à l'horizon, sauf que je ne me suis pas laissé leurrer. Au crépuscule, elles sont devenues plus nettes, et j'ai discerné une lumière sur la côte. »

« 9 mai. Aujourd'hui, je l'ai vue hors de l'eau pour la première fois. Elle marchait avec beaucoup de prudence sur les rochers de la baie de l'Homme-Blême, comme un chat, comme si elle n'était pas habituée à se déplacer sur la terre ferme, et que chaque pas représentait une nouveauté. Elle ne s'éloignera pas plus de l'eau. Elle a les cheveux noirs, même si c'est difficile à dire, car ils sont toujours humides. Elle a la peau claire, teintée de bleu au niveau des lèvres, du bout des doigts et des orteils. Quand elle m'a vu, elle a vite replongé dans la mer. Malgré mon attente, elle n'est pas réapparue. »

« 10 mai. Pourquoi est-elle venue ? Et d'où ? Peut-elle vivre sous l'eau comme un poisson, ou doit-elle remonter de temps en temps à la surface pour respirer, comme un phoque ? Elle en est peut-être un, au demeurant, et moi, je serais devenu fou et confondrais un animal égaré avec une sirène ? Enfin, pas tout à fait une sirène, car elle n'a pas de queue de poisson, contrairement à ce que montrent les illustrations dans les livres. Aujourd'hui, j'ai aperçu ses toutes petites empreintes de pied, qui traçaient un aller-retour entre la mer et la terre. Des empreintes parfaites et parfaitement humaines. »

« 17 mai. Thalassa. Téthys. Tiamat. Sedna. Tianfei. Le Gorm. »

« 21 mai. Nous nous sommes recroisés aujourd'hui, sur la plage de l'anse de la Mouette. Telles des sentinelles, les falaises montaient la garde, luisantes de pluie. J'ai tenté de la retenir, mais elle s'est dégagée et enfuie dans l'eau. J'ai effacé les marques que nous avions tracées sur le sable, pour empêcher un autre promeneur de les lire. »

Venaient ensuite deux semaines d'observations ordinaires.

« 26 mai. Rien à signaler, nuageux. »

« 2 juin. Ciel clair et horizon dégagé, mais rien à voir, comme si les îlots n'avaient jamais existé. »

Puis, gribouillé sous d'autres commentaires anodins, en date du 16 juin :

« Perché sur un rocher de l'anse de la Mouette, je l'ai de nouveau appelée. Je n'ai obtenu aucune réponse, sinon les vagues qui allaient et venaient. Elle est retournée sur les Terres Cachées, et celles-ci ont regagné leur repaire, quel qu'il soit.
Il faut que je cesse d'y penser. »

Tout en lisant ces notes étranges, Will avait l'impression d'entendre la voix de son frère. Que s'était-il passé dans l'anse de la Mouette ? Comment Andrew, si terre à terre et dénué d'imagination, en était-il arrivé à se frotter à des comparaisons et à des métaphores, tel un poète ? Les falaises sentinelles, des pas de chat... Qui était cette femme ? Une hallucination ? Thalassa, Téthys – c'étaient les noms de divinités marines. Mais pourquoi Andrew avait-il ajouté le Gorm à sa liste ? C'était un monstre, pas un dieu. Will se souvint toutefois qu'Aish en parlait au féminin. Par conséquent, il n'y avait peut-être pas de différence entre une déesse et un monstre.

Will feuilleta les pages jusqu'à la dernière, plus tardive, datée du mois de février de l'année suivante. Elle contenait plusieurs notes succinctes et sérieuses (« Vent du nord, très froid, mer déserte »). Puis, le 20 :

« Ce soir, j'ai vu les Terres Cachées. Je les vois encore à l'heure où j'écris ces lignes. Les trois sommets se distinguent clairement, de même que les lumières sur la côte. S'agit-il des fenêtres du palais dont elle m'a parlé à mots couverts ? Demain très tôt, j'irai l'attendre sur la plage. »

Le 21 :

« Ce matin dans la baie de l'Homme-Blême, j'ai trouvé (la suite avait été biffée et remplacée :) j'ai d'abord cru que c'était une besace en cuir que la marée avait jetée là. De plus près, j'ai constaté qu'il s'agissait d'une poche comme celle des œufs de requin, mais beaucoup plus grande. D'un noir verdâtre, elle scintillait et tremblotait comme si quelque chose essayait de s'en échapper. Je l'ai effleurée du bout de ma botte, elle s'est fendue et une menotte minuscule est apparue, humaine, rose pâle, dont les doigts s'ouvraient et se refermaient. La poche s'est vidée de ses eaux, et le bébé a été expulsé. Il a rempli ses poumons d'oxygène et s'est mis à brailler.

Je l'ai dégagé du placenta. C'était une fille, toute gluante mais en bonne santé apparemment. Ne sachant que faire d'autre, je l'ai emmaillotée dans mon manteau et ramenée à la maison. Je n'ai pas parlé de la poche aux Skraeveling. À la place, j'ai raconté que je l'avais trouvée dans une sorte de panier que la mer avait déjà repris. Ils en ont conclu qu'elle était l'unique rescapée d'un naufrage et suggéré que le révérend Bonnefoy et sa femme lui dénichent une famille d'accueil. Sauf qu'on n'a mentionné aucun naufrage, et que la place de l'enfant est ici, à mes côtés. Je reconnais sa petite tête de chaton. Elle a les yeux de sa mère. Elle vient des Terres Cachées. Elle est… »

Là encore, de nouvelles ratures, si épaisses que Will ne parvint pas à déchiffrer les mots dessous, même en portant la feuille à la lumière de la lampe.

Il relut le tout, traquant une révélation qui lui aurait échappé derrière les mots d'Andrew. Quand il eut fini, il était très tard, et il tremblait. Le récit de son malheureux frère était si frappant qu'on était tenté d'y croire. Sauf que, naturellement, ce genre de chose ne se produisait pas. La magie n'existait pas, ce n'était que folie.

Rangeant les papiers dans le tiroir de sa table de chevet, il descendit dans la chambre de Nuit. Après l'intrusion de la veille, elle avait eu le droit de dormir avec la porte ouverte et une lampe. Will imaginait qu'elle avait également fermé les volets et tiré les lourdes tentures, par crainte de ce qui était susceptible de l'épier par sa fenêtre. Il découvrit cependant qu'il n'en était rien. L'enfant avait tenu à voir la créature rôdant dans les parages.

« Quel courage ! » se dit-il en se demandant si lui aurait eu un tel cran au même âge. Il resta là à la contempler, tête sur l'oreiller, une petite main près de son visage et renfermant le caillou que lui avait offert Aish. Le jeune homme songea qu'il lui revenait de la sauver et fut envahi par une féroce envie de la protéger. Elle était son seul lien tangible avec Andrew, et il refusait qu'elle grandisse dans une peur sans fondement, en croyant que le Gorm la surveillait, que des Hommes-Varech hantaient les plages des Déferlantes, et que des bébés naissaient dans des bourses de sirène.

Il fallait qu'il lui prouve que rien de tout cela n'était vrai. Ainsi qu'aux Skraeveling, à Aish et aux Bonnefoy. Il allait trouver un moyen de sortir tous les habitants de l'île de leurs rêves et de les obliger à voir le monde tel qu'il était : gouverné par la raison, loin des mythes et des monstres. Lui, Will Noire, mettrait en pièces la légende du Gorm, comme on arrache des rideaux poussiéreux à une fenêtre pour permettre à la lumière d'entrer.

Mais comment ?

Dehors, le ciel s'éclaircissait. La mer roulait, grondait, se frottait à la côte. Le cercle de pierres levées se découpait en silhouettes sombres sur un fond gris ambiant. Will les observa et, tout à coup, il sut ce qu'il devait faire.

21
Les pierres mesurées

Nuit dormit tard, le lendemain de son escapade dans les Pitreries. Même quand elle fut levée et habillée, elle eut l'impression d'être encore en plein rêve. Ses jambes étaient courbatues à la suite de sa longue marche de la veille. Heureusement, des tartines de pain grillé généreusement beurrées finirent de la réveiller et, quand Lucy et Horatio arrivèrent pour récupérer le cheval paternel, elle fut en mesure de leur raconter ses aventures en détail.

– Aish est quelqu'un d'important, là-bas, leur expliqua-t-elle. Au moins autant que votre père à Marazea. Plus, sans doute. J'ai discuté avec elle pendant des heures. Elle s'est chamaillée avec mon oncle

Will, mais il est évident qu'ils s'apprécient beaucoup, et que lui se pavanait comme un coq.

Si la constatation faite par Œuf lui avait paru absurde sur le moment, la répéter lui donna le sentiment d'être pleine de sagesse.

– À mon avis, ils seront mariés d'ici l'été prochain.

– Mais c'est une femme-troll ! se récria Lucy. Elle finira sûrement par le dévorer.

– C'est une femme-troll très gentille, objecta Nuit. Et jolie, en plus, une fois qu'on s'est habitué à elle. Et puis, elle aime les gâteaux, pas les gens. Sache, Lucy, qu'elle les aime encore plus que toi.

– Impossible ! D'ailleurs, Mme Skraeveling n'en aurait pas un en réserve, par hasard ? Le chemin est long, depuis le presbytère, et Horatio et moi avons besoin de reprendre des forces avant d'y retourner avec le cheval.

Dieu soit loué, il y avait du gâteau. Il y en avait toujours, au demeurant ; c'était l'un des nombreux avantages de vivre sous le même toit que Mme Skraeveling. Quand Lucy et Horatio eurent repris les forces nécessaires et se furent éloignés sur leur patiente monture, Nuit se mit en quête de son oncle.

– La dernière fois que je l'ai vu, il était dans le bureau, chaton, dit M. Skraeveling.

Elle s'y rendit, mais ne l'y trouva pas, juste des tas de vieux volumes du journal de bord tirés de leurs étagères et répandus un peu partout sur la table de travail et le tapis. Nuit en fut étonnée, car oncle Will n'avait jamais montré un grand intérêt pour les cahiers. Elle espéra qu'il avait changé d'avis grâce aux paroles d'Aish et décidé de considérer son travail avec un peu plus de sérieux. Soudain, par la fenêtre, elle l'aperçut sur le cap de Saint-Phocas, en train de mesurer les pierres levées.

Nuit s'aventurait rarement là-bas et, quand elle rejoignit son oncle, elle se rappela pourquoi. D'une, le sentier était si étroit et si vertigineux, surplombant des rochers tellement déchiquetés et acérés, qu'elle en eut le vertige. Et de deux, les menhirs eux-mêmes lui inspiraient une étrange terreur.

Doigts de granit bosselés hauts comme des hommes, ils avaient l'allure de silhouettes encapuchonnées entourant une large pierre plate couchée sur le flanc qu'on surnommait le Fauteuil de Saint-Phocas. Lorsqu'elle entra au milieu du cercle, Nuit sentit la chair de poule l'envahir. Mal à l'aise, elle eut de nouveau la sensation d'être observée, sauf qu'elle était plus forte, à présent. Comme si, à l'ouest, une paire d'yeux avides s'était ouverte et projetait son regard pareil au faisceau lumineux d'un phare afin de la repérer, debout au milieu des pierres.

Oncle Will ne donnait pas l'impression d'être gêné, lui. À genoux devant le Fauteuil de Saint-Phocas, il s'en servait comme d'une table et gribouillait des nombres sur un bout de papier. Entre ses dents, son ruban mesureur claquait au vent en se tortillant. Découvrant sa nièce, il le lui tendit.

– Tiens, Nuit, sois gentille et aide-moi. J'essaie de calculer les angles qui séparent les pierres.

– Pourquoi ?

– Dans un but scientifique. Je ne crois pas que quiconque ait jamais étudié ce cercle avant moi. Les gens d'ici prétendent qu'il n'est même pas possible de compter les menhirs, ce qui est faux, puisqu'il y en a neuf. C'est en examinant, en mesurant et en comprenant les choses que nous surmontons les peurs et les superstitions idiotes. Voudrais-tu, s'il te plaît, placer le bout du ruban au pied de cette pierre pendant que, moi, je… Merci.

Il gagna l'autre côté du cercle et cria :

– De plus, je tiens à comparer notre site au célèbre temple de druides de Stonehenge, que le Dr Stukeley a si merveilleusement décrit. Je pense que nos pierres ont été également dressées par des druides, sûrement pour des raisons identiques.

Nuit fronça les sourcils. Quand son oncle en eut fini avec ses mesures et ses notes, elle l'apostropha :

– Mais oncle Will, tout le monde sait que les pierres du Gorm ont été placées ici pour indiquer où les feux devaient être allumés. Les feux magiques qui l'invitaient à quitter les Terres Cachées. En guise d'avertissement, pour dire aux générations futures qu'il ne fallait surtout pas allumer de feux ici, sous peine de gros ennuis.

– Ça, c'est ce que prétendent les histoires. Tu comprends que ça ne peut être vrai ! Le Gorm n'existe pas, pas plus que les Terres Cachées ou, si celles-ci existent bel et bien, elles ne sont qu'un mirage, une espèce de *Fata Morgana* qui se manifeste en mer lors de circonstances météorologiques particulières. Ceux qui ont dressé ces pierres ont certainement eu ce genre de visions et les ont intégrées aux rituels qu'ils pratiquaient. Il est certain qu'ils allumaient des feux pour célébrer les changements de saison dont ton amie Aish nous a dit de nous méfier. À mon avis, la légende du Gorm n'est rien d'autre qu'un vague souvenir collectif des antiques cérémonies des druides…

Oncle Will paraissait si content de formuler sa théorie et si sûr d'avoir raison que, durant une seconde, Nuit eut envie de le croire. Il aurait été tellement rassurant de savoir que les Terres Cachées n'étaient rien d'autre qu'un mauvais tour joué par la nature, et le Gorm un simple conte. Mais, bien qu'elle tourne le dos à la mer, elle sentait encore ce regard froid fixé sur elle, pareil à une démangeaison entre ses omoplates. Comme si un vaste esprit glacé perdu dans l'océan se demandait ce que ces deux minuscules humains pouvaient faire à s'agiter sur les falaises comme des fourmis.

Jetant un coup d'œil nerveux au loin, Will dit :

– Ces anciens druides étaient doués. Il règne sur cet endroit une drôle d'atmosphère. On comprend pourquoi les naïfs ont pu adhérer à ces mythes...

Il s'interrompit. Que distinguait-il, là-bas, là où la mer se confond avec le ciel ? Nuit était trop angoissée pour se retourner et regarder elle aussi. S'ébrouant comme un chien, il s'esclaffa :

– Il n'empêche, il revient aux personnes instruites de démolir ces vieilles croyances. J'ai bien l'intention de libérer définitivement les Déferlantes des terreurs qui les dominent.

22
LE BATEAU

Ce soir-là, la mer concocta un épais brouillard qui perdura jusqu'à l'aube. La vigie, ses jardins, le cap et ses menhirs émergeaient des volutes blanches, tels des îlots.

– Le Gorm touille son chaudron, commenta Mme Skraeveling au petit déjeuner.

À la plus grande surprise de tous, Will s'était levé tôt et mangeait avec eux. Lorsqu'il eut fini, il se leva, coiffa son tricorne et annonça :

– Je m'en vais ratisser les plages. Nuit, je t'ai laissé des devoirs à faire dans le bureau. J'ai bien peur d'avoir négligé ton instruction jusqu'ici.

Il quitta la maison et descendit le sentier de la falaise, emmitouflé dans la brume. La rumeur de la mer était étonnamment claire. Dépassant Marazea, il se dirigea vers les Éboulis. Il n'y était pas venu depuis son enfance. À cette époque, avec d'autres sacripants du village, ils s'étaient lancé le défi d'aller frapper à la porte de la sorcière des mers, mais n'avaient jamais réussi à approcher de sa masure, le courage leur manquant et les renvoyant en des lieux plus sûrs. Là, il s'obligea à avancer, se frayant un passage au milieu des buissons humides et des toiles d'araignées trempées de gouttelettes. Peu après, de la fumée se mêla au brouillard, et le cabanon de Thurza Froy apparut.

Will ne repéra aucun signe de vie, et personne ne répondit à ses appels. Il contourna la masure, donna un vague coup de pied dans les cendres noircies d'un feu et continua de héler Thurza. Sans résultat. Soudain, il perçut un bruit répétitif qui montait de la mer. Dénichant un sentier abrupt, il traversa la bruyère mouillée jusqu'aux galets d'une modeste plage. Il découvrit un bateau renversé sur des tréteaux. C'était la seule embarcation qu'il ait jamais vue sur la côte ouest de l'île, un joli canot effilé construit en bois blond et argenté. Penchée dessus, Thurza Froy ponçait la quille à coups de rabot.

– Gardien, lui lança-t-elle quand elle l'aperçut mais sans cesser son travail, j'avais entendu dire que tu t'étais noyé.

– Et moi, rétorqua-t-il, j'avais entendu dire que les sorcières des mers naviguaient sur des coquilles d'œuf. Pourtant, vous êtes en train de vous fabriquer un bien joli bateau.

Elle hocha la tête pour indiquer qu'elle appréciait le compliment.

– J'en aurai besoin très bientôt. Tu n'as donc pas remarqué l'haleine du Gorm autour de toi ? Les Terres Cachées sont en train de se montrer. Ce canot m'y portera, j'y retrouverai mon Davey, et nous récupérerons tous les trésors qui nous reviennent de droit.

Will eut le cœur serré en constatant que la vieille bique croyait son mari toujours vivant. Combien d'années lui avait-il fallu pour rassembler les morceaux de bois flotté destinés à son bateau et les clous qu'elle avait échangés contre des malédictions et des philtres d'amour ?

– Je me souviens de mon père me racontant votre première expédition, se contenta-t-il de répondre, cependant. Le scaphandre que vous aviez cousu. Remarquable. Vous étiez une femme d'avant-garde, madame Froy. Une femme de science.

Thurza poursuivait sa tâche, les copeaux de bois s'amoncelant à ses pieds comme des boucles de cheveux blonds.

– Je les ai vues, enchaîna-t-elle. Les Terres Cachées. Sous les vagues, mais pas très profond.

– Elles gisent sous l'eau.

– Dessous, dedans, dessus, c'est du pareil au même. Elles ne sont pas de notre monde. Elles n'appartiennent qu'à elles et se montrent selon le bon plaisir du Gorm. N'empêche, le jour où Davey et moi on les a vues, elles étaient à dix brasses sous l'eau.

– Vous accepteriez de m'en parler ?

– Je n'aime pas en causer.

– Quel dommage !

Will tira de sa poche une flasque de whisky. Si, personnellement, il n'en buvait pas, il en avait dégoté une demi-bouteille dans le cabinet à liqueurs de la vigie. Et en avait emporté, des fois que ça se révèle utile.

– Ce travail doit vous assoiffer, dit-il en tendant l'alcool à Thurza.

Déposant son rabot, elle s'empara vivement de la fiole et la vida d'une traite.

– Nous discutions des Terres Cachées, lui rappela-t-il.

Thurza s'essuya les lèvres d'un revers de main et rota.

– D'accord, céda-t-elle, je vais te raconter, mais tu ne me croiras pas.

– Il se pourrait que si.

Le jeune homme s'assit sur un vieux casier à homards pour l'écouter.

– On les a repérées à trente milles à l'ouest du cap de Saint-Phocas. Ce jour-là, la mer était calme. D'un calme surnaturel, diraient certains. Plate comme un miroir. Quand mon Davey et moi, on l'a scrutée, on a aperçu les Terres Cachées, aussi clairement que si on avait regardé à travers une vitre. Sous les vagues, il y avait des tours et des jardins. Des statues avec des couronnes en or. Un palais aux toits dorés. Tout cet or étincelait sous l'eau et jaunissait nos visages, comme si on avait mis un bouton-d'or sous nos mentons. Mon Davey a jeté l'ancre. « Souhaite-moi bonne chance, ma chérie », qu'il m'a dit. On l'a habillé de sa combinaison, et il a plongé, tandis que je le retenais par un câble noué autour de sa taille pour qu'il ne tombe pas trop vite. Une fois au fond, il a tiré trois fois dessus pour m'indiquer que tout allait bien. Je me suis mise à lui envoyer de l'air avec le soufflet de la cheminée. De temps en temps, je vérifiais ce qu'il fabriquait. Il ne savait plus où donner de la tête et tournait sur lui-même comme une toupie, au point que j'ai craint qu'il n'entortille son tuyau et le casse. J'aurais préféré qu'il arrête de regarder le paysage et se mette à ramasser les trésors. C'est alors que je l'ai vue.

– Qui ?

– Elle. Elle est apparue sur un des seuils. Tout de blanc vêtue, avec de longs cheveux noirs qui s'agitaient comme des algues dans un trou d'eau. Elle n'avait pas besoin de combinaison et s'est approchée de mon Davey sans vergogne. Comme il lui tournait le dos, il ne l'avait pas vue. Ma foi, je n'allais quand même pas le laisser batifoler avec une sirène ! Je me suis mise à tirer sur le filin. Sauf que lui n'est pas remonté. Quelqu'un avait défait les nœuds. Alors, j'ai hissé le tuyau de respiration, en espérant l'aider à revenir à la surface. Il avait été coupé.

– Davey s'est donc noyé ?

– Tu n'écoutes pas, gardien. C'est cette dame, là en bas, qui a fait ça. Elle s'est entichée de mon homme et l'a gardé pour elle. Pas besoin de scaphandre pour ceux qui vivent dans l'enchantement du Gorm. L'eau leur est comme l'air.

– Vous l'avez vu ? s'enquit Will. Vivant ?

– Je n'ai rien vu du tout, marmonna Thurza.

Elle voulut boire une nouvelle gorgée et parut désappointée de trouver la flasque vide.

– Pourquoi ? reprit-elle. Parce que le Gorm m'a attaquée. J'étais en train de chercher des yeux mon Davey chéri quand la grosse main du monstre a surgi des profondeurs. Elle a écrabouillé le bateau, et je me suis retrouvée agrippée à un bout de bois. Je me suis réveillée le lendemain sur la plage, à moitié noyée. Depuis, je n'en ai pas bougé et j'observe la mer. J'étudie ses mystères et je réfléchis à un moyen de retourner sur les Terres Cachées pour ramener mon Davey à la maison.

– Quel récit passionnant ! s'exclama Will.

Pour lui, ce n'était que des sornettes, cependant. Si la mention de ruines sous-marines était intrigante, le prétendu Gorm n'avait sans doute été qu'une tempête inattendue. Quant à la sirène, la vieille l'avait sûrement inventée pour éviter qu'on lui reproche d'avoir envoyé son époux à la mort dans son scaphandre miteux. Le seul détail qui troublait Will, c'était la longue chevelure noire, si peu en adéquation avec les sirènes des contes, si semblable à celle de la femme qu'Andrew avait dit avoir rencontrée sur la plage. Était-il possible qu'il s'agisse de la même personne ? Durant un instant, il eut l'impression que les remparts scientifiques et logiques qu'il avait bâtis autour de lui s'écroulaient pour laisser entrapercevoir un monde plus ancien et étrange, dans lequel la magie chuchotait à l'oreille des vagues.

Il s'obligea à se ressaisir. Seul homme de science sur cette île, il lui incombait de garder la tête froide. La sirène brune n'était qu'une coïncidence. À moins qu'Andrew se soit lui aussi rendu aux Éboulis et ait réussi à convaincre Thurza Froy de lui narrer son histoire dont il avait ensuite intégré des éléments dans ses propres délires d'homme à l'esprit dérangé.

– Passionnant, répéta Will avant de montrer le

bateau du doigt. Votre canot est destiné à ça ? À réessayer d'atteindre les Terres Cachées ?

– Oui. Mais pas tant que le Gorm est aux aguets et les défend. D'abord, il doit se manifester. Quand il se lève et marche, les Terres Cachées se montrent à nous pendant un bon moment.

– Et vous pensez qu'il va bientôt venir ?

La sorcière haussa les épaules.

– Il s'est réveillé. Il nous surveille. Tu ne sens donc pas son regard sur toi ? Sauf qu'il a besoin qu'on l'appelle. Qu'on le convoque. Un feu fera l'affaire.

– Pourtant, vous en allumez un presque tous les soirs, et il ne réagit pas.

– Je fais de mon mieux. Malheureusement, ce qu'il lui faut, c'est le bon feu. Au bon endroit. Et vous, les Noire, vous m'avez interdit la Tête du Gorm.

– J'en suis navré. Mais j'ai une idée pour me rattraper. Voyez-vous, j'aimerais vous engager comme assistante pour m'aider lors d'une petite expérience...

23
L'EXPÉRIENCE

Personne ne s'était beaucoup soucié d'instruire Nuit depuis que M. Noire s'était noyé, et celle-ci espérait bien que cette négligence perdurerait, car ses tables de multiplication et ses déclinaisons latines ne lui avaient pas du tout manqué. Toutefois, lorsqu'elle gagna le bureau ce matin-là, elle découvrit que le devoir laissé par oncle Will consistait juste à recopier un plan de l'archipel des Automnales. Elle en fut ravie.

Elle aimait les cartes. Elle trouvait satisfaisant d'entourer chaque îlot de tortillons et d'écrire son nom à l'encre rouge. Elle traça des lignes de points pour indiquer les principales voies maritimes ainsi qu'une grande croix au nord de la côte des Pitreries afin de marquer l'emplacement où le bateau d'oncle Will s'était échoué.

En début d'après-midi, tandis que des pans de mer et de relief sortaient de la brume avec l'intention apparente de devenir permanents, le galopin dénommé Œuf débarqua soudainement à la vigie. Délaissant son travail, Nuit s'empressa de descendre à la cuisine, où il engloutissait une tasse de lait offerte par Mme Skraeveling. Ce jour-là, il avait ajouté une chemise et un manteau à son pantalon. Il était coiffé d'un chapeau informe en feutre et transpirait à grosses gouttes au niveau du front et du menton. Il émanait de lui une odeur plaisante de terre humide et de vaches.

– Qu'est-ce que tu as à me regarder comme ça ? s'offusqua-t-il en reposant sa tasse.

Le lait avait dessiné une moustache blanche au-dessus de ses lèvres.

– Un chien regarde bien un évêque ! rétorqua-t-elle. Qu'est-ce que tu fiches ici ?

– C'est Aish qui m'envoie m'assurer que tu étais bien rentrée l'autre soir.

– Parfaitement bien, merci.

Fallait-il qu'elle lui remette un message ? « Chère mademoiselle Aish, soyez remerciée pour le charmant moment passé ensemble… » Les bonnes manières l'exigeaient, mais Nuit doutait que la femme-troll se soucie beaucoup des bonnes manières. D'ailleurs, savait-elle seulement lire ?

– Aish sait-elle lire et écrire ? s'enquit-elle.

– Bien sûr ! ronchonna Œuf. Elle a appris ses lettres à l'école de Stack. Les enfants la traitaient de troll, alors elle les a jetés dans un fossé et, après, ils ne l'ont plus embêtée. Elle m'a donné ça pour toi.

De l'intérieur de son manteau crasseux, il tira un parchemin en écorce de bouleau. Le déroulant, Nuit constata que l'écriture d'Aish était presque aussi jolie que la sienne. « N'oublie pas que tu peux venir me solliciter quand tu veux. Dis la même chose à ton idiot d'oncle Will. Si la Gorm se manifeste, il aura besoin de mon aide. Ton amie, A. »

– En fait, lâcha Œuf d'un ton sentencieux, c'est ton oncle qu'elle a envie de revoir. Tu devines pourquoi.

– Oui, acquiesça Nuit, alors que, en vérité, elle ne devinait pas grand-chose. Oncle Will est parti ratisser les plages, ajouta-t-elle, préférant changer de sujet.

– Ah bon ?

– Oui.

– C'est dangereux. Tu as pensé à vérifier qu'il ne lui était rien arrivé ?

Honteuse, Nuit dut admettre que ça ne lui avait pas traversé l'esprit. Il était clair que son oncle prenait des risques à écumer la côte, d'autant qu'il était trop naïf pour croire aux périls qui les menaçaient.

– Où oncle Will est-il allé, madame Skraeveling ? demanda-t-elle.

– Il s'est rendu aux Éboulis ce matin, répondit la domestique en sortant du cellier. Mon époux affirme qu'il est revenu à la maison, vers midi, mais il est reparti pour la baie de l'Homme-Blême. Pourvu qu'il ne se noie pas lui aussi !

Le brouillard s'était presque entièrement dissipé, et le soleil d'automne doré inondait le haut des falaises comme du beurre sur une tartine. La marée était basse. Dans la baie, oncle Will marchait sur les galets, chargé d'un gros fagot de bois flotté. Œuf se laissa tomber à plat ventre pour l'épier, imité par Nuit. Le jeune homme jeta sa récolte sur le tas qu'il avait déjà accumulé.

– Qu'est-ce qu'il fabrique ? marmonna Œuf.

Dérangé par sa voix, un crave à bec rouge s'envola d'une saillie rocheuse et s'éloigna en croassant son indignation. Nuit espéra que son oncle ne le remarquerait pas mais, en bon natif des Déferlantes, il savait identifier le cri d'alarme de l'oiseau. Levant la tête, il repéra les deux petits visages qui l'espionnaient. Il agita la main.

– Nuit ! Et, euh... Œuf ! Rejoignez-moi et rendez-vous utiles.

Les enfants dégringolèrent le sentier, et oncle Will

recula afin d'éviter les cailloux que leurs pas délogeaient. Sa récolte formait un amoncellement plus haut que Nuit.

– Aidez-moi à transporter tout ça en haut de la falaise, ordonna-t-il.

– Pour quoi faire ? riposta Œuf.

Ayant vu les impressionnantes réserves de bûches que M. Skraeveling gardait dans un cabanon derrière la cuisine, il savait que la vigie n'avait pas besoin de bois supplémentaire.

– J'ai décidé de tenter une expérience, répondit oncle Will.

– Ça va être un sacré truc, commenta Œuf, après que lui et Nuit eurent passé vingt minutes à transbahuter des brassées de bois.

– Quoi donc ? répondit-elle.

– Son expérience.

Il repartit vers la plage, et la petite fille devina qu'il ignorait ce qu'était une expérience. Il devait croire qu'il s'agissait d'un meuble chic, comme un bonheur-du-jour ou une ottomane. Mais même elle ne comprit ce que son oncle avait en tête que quand il leur montra du doigt le cap de Saint-Phocas.

– Maintenant, annonça-t-il, on emporte tout là-bas.

Bien qu'elle ait enfin saisi les intentions de son

oncle, et qu'une boule lui noue le ventre, Nuit ne put s'empêcher de demander pourquoi.

– On va s'offrir un bon feu de joie.

– Pas sur le cap ! protesta Nuit, stupéfaite par autant d'inconscience. Pas au milieu des pierres du Gorm ! Il ne faut pas ! Vous ne pouvez pas !

– Oh que si ! s'esclaffa Will. Et je ne compte pas me gêner.

– Non, mon oncle ! Vous n'avez pas le droit de faire du feu sur le cap.

Nuit s'adressait à lui d'une voix patiente, comme s'il avait été un enfant trop stupide pour prendre la mesure du danger. (À part la stupidité, elle ne voyait aucune autre raison à sa folle entreprise.)

– C'est un lieu magique, enchaîna-t-elle, et un brasier risque d'éveiller le Gorm.

Will se baissa pour la regarder droit dans les yeux. Il avait retiré son manteau et son gilet, sa chemise était couverte de sable et d'esquilles de bois.

– Tu sais bien que je ne crois pas à ces fariboles, dit-il. Ce ne sont que des légendes. Comme dans les vieilles histoires, je vais allumer un feu, et nous verrons ce qui se passera. Le ciel est dégagé, et nous sommes assez haut pour que tous aperçoivent notre bûcher, de la pointe aux Mouettes jusqu'aux Pitreries. Quand les gens constateront que le Gorm ne se manifeste pas, ils cesseront de le redouter. La solution est tellement simple que je n'en reviens pas que personne ne l'ait encore envisagée.

Nuit, elle, comprenait parfaitement bien, au contraire.

– Mais si… s'il apparaît pour de bon ?

Son oncle la toisa avec tristesse, comme si elle le décevait.

– Ma foi, petite, l'épée de mon ancêtre est toujours accrochée au mur de la salle à manger. Si le monstre se décide à surgir, je n'aurai qu'à lui trancher la tête pour libérer les Déferlantes. Tout bêtement.

Nuit supposa qu'il plaisantait. Comment pouvait-il être prêt à affronter une créature qui, selon lui, n'existait pas ? Elle se sentit rougir, blessée par l'idiotie et la trahison de son oncle, et faillit fondre en larmes.

– Allez, aidez-moi à porter ce bois sur place, conclut-il.

Il en attrapa une grande brassée et partit en direction du cap, suivi des yeux par sa nièce. Au bout d'un moment, cette dernière se tourna vers Œuf et, dans un même élan, ils filèrent à toutes jambes vers la vigie.

– Je vais le dire à M. Skraeveling, haleta Nuit. Il ne laissera pas oncle Will faire ça.

– Et s'il n'arrive pas à l'arrêter ? répliqua Œuf. Il faut aussi prévenir Aish. Elle saura s'en dépatouiller.

Il avait raison. Si la femme-troll avait été présente, elle aurait persuadé oncle Will de renoncer à ses projets insensés. Malheureusement, elle était dans les Pitreries et, par expérience (elle avait encore des ampoules aux pieds), Nuit savait combien c'était loin du manoir.

– Ça va te prendre un temps fou pour la rejoindre, dit-elle.

– C'est encore marée basse. Je n'aurai qu'à courir le long des plages jusqu'à l'embouchure du torrent des Trolls. C'est plat et plus rapide que par les falaises.

– Bonne chance !

Œuf cavala jusqu'à la grille du jardin et s'éloigna au petit trot en direction de Marazea. L'après-midi touchait à sa fin et, à l'ouest, le soleil étirait ses ombres pareilles à des chats endormis. Le vent était tombé, la mer était très calme. La nature paraissait retenir son souffle.

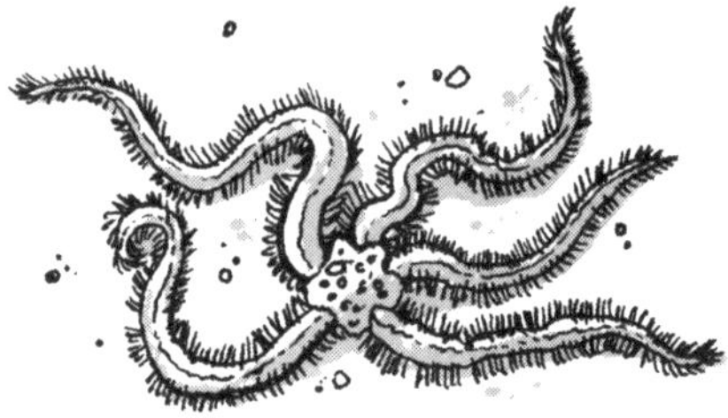

24
LE FEU DE BOIS FLOTTÉ

Monsieur Skraeveling était occupé à nettoyer les gouttières de la vigie, côté est. Nuit l'interpella depuis le bas de l'échelle, comme s'il était Dieu en personne :

– Oncle Will est en train de préparer un bûcher aux pierres du Gorm ! Vous devez l'en empêcher !

– Quoi ?

Un tas de feuilles noircies s'écrasa près de Nuit, qui entendit tout de suite après un juron, chose rare et surprenante de la part du domestique. Il la rejoignit, ils contournèrent la maison et s'en furent sur le promontoire. Oncle Will avait entassé ses branches en une pyramide branlante. Nuit tenta de se rassurer en croisant les doigts pour qu'il ne sache pas faire un feu, ce qui ne l'empêcha pas de frissonner devant le monceau de bois, à l'endroit même où tant d'autres l'avaient précédé.

– Je vous demande pardon, jeune maître, mais c'est pas un lieu où jouer avec le feu, dit M. Skraeveling.

Nuit jugea qu'il se montrait un peu trop poli, au vu des circonstances.

– Au contraire, mon brave. Et je suis surpris que personne ne l'ait encore fait. On aurait pu s'attendre à ce qu'un sacripant du village escalade le mur ou qu'un de mes ancêtres à l'esprit plus philosophique s'y risque. La vieille Thurza Froy ne cesse d'allumer ses petits braséros sur les Éboulis, sauf que ce n'est pas le lieu convenu, n'est-ce pas ? Elle l'a reconnu devant moi quand je suis allé lui rendre visite ce matin. On nous a appris, à nous autres natifs des Déferlantes, que seul un brasier sur le cap de Saint-Phocas était susceptible d'attirer le Gorm. Alors, tentons l'expérience ! Nous vivons à une époque moderne, Skraeveling, une époque d'éveil scientifique. Nous n'avons plus à croire aux anciennes légendes. Pas quand nous sommes en mesure de les mettre à l'épreuve de la réalité.

M. Skraeveling retira son chapeau et se gratta le crâne. Tout intelligent qu'il soit, il n'avait pas d'instruction, et les grands mots incompréhensibles du jeune maître… ma foi, qui était-il pour juger si une idée était sage ou non quand on la lui présentait tout enveloppée de termes comme « philosophique », « expérience » ou « éveil scientifique » ?

– Ça me plaît quand même pas trop, monsieur, répondit-il cependant.

Will interrompit sa besogne pour poser une main sur son épaule.

– Ce n'est pas ce que je vous demande. Je comprends que vous soyez effrayé, car nous brisons un tabou. Mais demain, quand vous vous réveillerez en sachant que le Gorm et les Terres Cachées n'existent pas, vous découvrirez que ça vous plaît beaucoup.

Il s'éloigna pour ajouter du combustible à son bûcher. M. Skraeveling regarda Nuit d'un air impuissant.

– Que veux-tu que je fasse, chaton ? C'est lui le gardien, pas moi.

« Arrêtez-le coûte que coûte ! eut-elle envie de rétorquer. Frappez-le ! Attachez-le ! Enfermez-le dans l'armoire à linge ! Allez chercher votre tromblon et menacez de lui faire sauter sa cervelle d'idiot s'il s'entête à allumer ce feu ! » Mais elle se doutait que le domestique ne ferait rien de tel, pas plus qu'elle-même d'ailleurs, pour peu qu'elle ait été assez grande pour assommer son oncle.

Parce que... et s'il avait raison ? La magie des grands mots opérait aussi sur elle. Oncle Will était tellement plus savant qu'eux tous. Lorsqu'il revint avec un nouveau fagot, elle l'apostropha :

– Vous pensez vraiment que les Terres Cachées ne sont qu'une... qu'un... comme vous avez dit, l'autre jour... un fatras morbidule ?

– Une *Fata Morgana*, rigola le jeune homme. Un mirage, si tu préfères.

La petite fille essaya une nouvelle fois de se rassurer. Elle avait très envie de croire son oncle. M. Skraeveling également, elle l'avait deviné. Ce dernier et elle regagnèrent la vigie, laissant Will à ses préparatifs.

– Il est comme possédé, murmura Mme Skraeveling quand son mari l'eut mise au courant.

Le dîner se déroula dans un silence pesant. Nuit n'arrêtait pas de jeter des coups d'œil à la pendule et de se demander si Œuf était arrivé aux Pitreries. Oncle Will rejoignit la table tardivement, sa chemise toute tachée de goudron, à cause des planches de bateau qu'il avait ajoutées à son bûcher. Était-il possible qu'elles viennent de l'épave de *L'Aventurière* ? songea Nuit. Elle allait lui poser la question quand elle entendit sonner à la cloche de la grille.

Will se leva sans terminer son dessert. En général, Nuit n'était pas la dernière quand il s'agissait de terminer les desserts des autres. Là, elle eut un mauvais pressentiment.

– La visite que j'attendais, annonça le jeune homme.

– Qui que soit cet intrus, il va finir par casser c'te cloche à force de tirer dessus comme un forcené, grommela M. Skraeveling.

Will était déjà loin, cependant, occupé à enfiler ses bottes dans le vestibule. Nuit et les domestiques le suivirent dehors, alors qu'il se précipitait pour déverrouiller la grille.

– Madame Froy ! dit-il en s'écartant. Je suis ravi que vous ayez pu vous joindre à nous.

La sorcière des mers entra dans le jardin d'un pas furtif, apportant avec elle une puanteur atroce, due sans doute au gros crabe défraîchi qui pendait à son cou. Elle adressa à Nuit et aux Skraeveling un regard à peu près aussi affectueux que celui qu'elle avait réservé à Mme Bonnefoy, aux Éboulis. Dévoilant ses longues dents jaunes, elle siffla comme une vipère.

– Qu'est-ce qui vous prend de faire venir ici cette vieille bique, jeune maître ? gronda Mme Skraeveling. On a construit le mur exprès pour empêcher les gens de son genre d'envahir le cap, et voilà que vous lui déroulez le tapis rouge comme si elle était la reine de Saba !

– Du calme, répondit Will en refermant la grille. Personne ne sera convaincu par mon expérience si c'est moi qui allume le feu du Gorm. On dira que je n'avais pas la foi ou que je ne connaissais pas la bonne formule magique. En revanche, personne n'oserait accuser Mme Froy de ne pas se débrouiller en sorcellerie.

– Si quelqu'un se le permettait, ricana-t-elle, je dirais au Gorm de le réduire en bouillie avec ses grands pieds et de l'embrocher sur ses griffes crochues !

– Exactement, acquiesça Will.

Révulsé par l'odeur du crabe en décomposition, il plissa le nez quand elle passa devant lui pour filer en direction du promontoire avant qu'il ne change d'avis. Elle avait rêvé de ce moment pendant des années mais n'aurait jamais imaginé qu'un des beaux messieurs de la vigie du Crépuscule soit assez bête pour lui ouvrir les portes de son rêve. Pas plus qu'elle n'aurait imaginé que le gardien en personne se charge de la corvée de bois à sa place. Elle caqueta de bonheur en découvrant le bûcher.

Elle en fit le tour et entreprit d'en retirer certaines planches.

– Ça ne va pas, marmonna-t-elle en jetant de côté un morceau de coque de bateau. Ça non plus, ajouta-t-elle, écartant une branche blanchie par la mer.

– Qu'est-ce que vous leur reprochez ? s'indigna Will.

– Ce qu'il nous faut, c'est du bois des Terres Cachées.

Elle arracha une grosse souche argentée à l'empilement, la renifla, puis la lécha.

– Parfait, commenta-t-elle. Et ça...

Will scruta le large. Le soleil se trouvait juste au-dessus de la ligne d'horizon. À cette heure-là, normalement, il aurait dû être en train de gagner la tour pour remplir sa mission.

– Ça suffit ! décréta-t-il. Tout brûlera très bien, d'où que ça vienne. Il est temps d'allumer le feu, pendant qu'on a assez de luminosité pour apercevoir les Terres Cachées, si elles existent.

– Elles existent, répondit Thurza en boudant. Je les ai vues. Pareilles à des boutons-d'or, à cause de tous ces toits en or, d'un joli jaune...

Prisonnière de ses souvenirs, elle délira ainsi durant une minute, puis s'empara vivement de la boîte d'amadou que tenait Will. Hors du cercle de pierres, Nuit et les Skraeveling la regardèrent s'accroupir devant la pyramide et embraser les herbes sèches et les vieux torchons graisseux que Will avait amassés à sa base.

Peu après, un filet de fumée bleue s'éleva droit dans le ciel. Reculant d'un pas, Thurza guetta en silence les premières flammes. Très pâles, telles des bandes de papier blanc, elles pétillèrent et insérèrent leurs langues entre les branches. Poussant un grognement satisfait, la sorcière se tourna vers l'océan. Elle écarta alors les bras et, d'une voix haut perchée et fausse, entonna un chant :

Lève-toi, mer, et vous, vagues, roulez !

Que sonnent les cloches englouties et marchent les noyés !

Que vienne le grand Gorm pour dévorer la terre !

Que les poissons nagent jusqu'à mes pieds !

Les mots rebondirent en écho sur les menhirs dans l'étrange silence ambiant. Effleurant le bras de son époux, Mme Skraeveling chuchota :

– Ce n'est pas chrétien, tout ça. À mon avis, la mer a rendu fou notre pauvre jeune maître pour qu'il autorise pareille expérience. Cours à Marazea chercher le révérend.

– Tu as raison, Carrie. Il arrivera sûrement à le raisonner.

– Dis-lui de prendre un plein seau d'eau bénite pour éteindre ce brasier de sorcière ! lui lança-t-elle alors qu'il s'éloignait. Et maintenant, chaton, ajouta-t-elle en prenant la main de Nuit, rentrons à la maison faire la vaisselle et laissons cette horrible vieille à ses entourloupes.

Sauf que Nuit ne pouvait pas quitter le cap. Elle n'avait pas souhaité ce feu, mais maintenant qu'il était allumé, elle avait le sentiment de devoir rester afin d'assister à la suite des événements. Pour l'instant, rien ne se produisait, sinon qu'oncle Will fanfaronnait. Bras écartés autant que possible, la sorcière continuait ses incantations, tantôt à voix basse, tantôt en hurlant, dans une frénésie telle que les mots avaient perdu leur sens pour ne former plus qu'un son, identique au murmure des vagues sur les rochers, en bas. Personne ne répondait à son appel.

Soudain, la petite fille se rendit compte que la mer, si paisible jusqu'à maintenant, avait commencé à se ruer au pied des falaises, et que la fumée, qui était montée tout droit, s'inclinait désormais en direction des terres, poussée par un vent d'ouest.

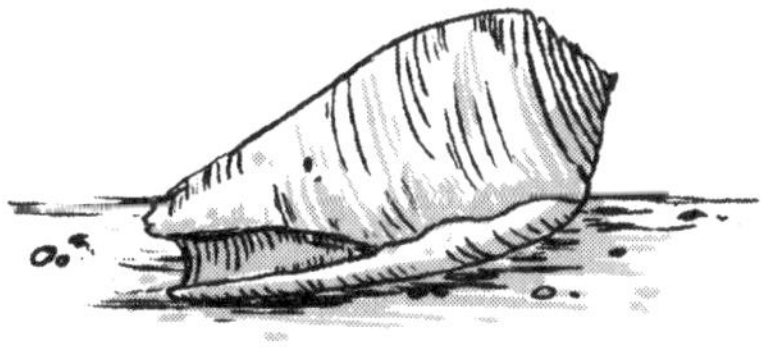

25
LES PROFONDEURS SE MANIFESTENT

Œuf aimait courir. Il excellait dans l'exercice, d'ailleurs. Il avait le pied sûr, vif et rapide. Dans la baie de Marazea, le sable s'étalait devant lui, plat, lisse et humide, pareil à une large bande de sucre roux. Les dunes à sa droite, le ressac à sa gauche, le garçon galopait, escaladant les ruines de l'ancien village que le Gorm avait si bien rasées qu'elles formaient juste de petites bosses. Œuf filait comme une flèche, sans dévier de sa trajectoire, sauf quand il croisait une mare d'eau salée ou un tas d'algues échouées. Il les contournait, car c'étaient là des éléments marins qu'il était plus prudent éviter.

Il parvint à l'embouchure du torrent des trolls à l'heure où les nuages engloutissaient les ultimes rayons du soleil couchant. Il traversa la rivière et poursuivit sa course. La mer avait changé d'humeur. Les vagues, puissantes maintenant, semblaient soudain de plus en plus affamées au fur et à mesure qu'elles s'abattaient sur la grève. Lorsque l'une d'elles effleura le pied du garçon, il décida qu'il était temps de déserter la plage et grimpa la falaise au niveau du vieux fort. Il marqua une pause et se retourna, hors d'haleine, le cœur battant, fier d'avoir parcouru autant de chemin en si peu de temps.

En bas, le ressac réclamait les tas de varech abandonnés par la dernière marée, comme s'il se rappelait qu'il pouvait en avoir l'usage. Œuf eut le sentiment désagréable que certains n'attendaient pas que la mer les atteigne et rampaient vers elle, tels des chiens de chasse noirs ébouriffés et sans pattes qui auraient répondu à l'appel du piqueur. Certes, dans la lumière déclinante, il était dur d'en être certain. La seule chose qu'Œuf distinguait clairement, c'était le feu qui crépitait sur le cap de Saint-Phocas.

Ce spectacle inquiétant lui donna des frissons, et il espéra que Nuit Noire allait bien. Il la trouvait plutôt fréquentable et avait décrété qu'il lui revenait de la sauver de tout ennui éventuel. Pour cela, il fallait qu'il bouge avant que ses jambes fatiguées ne se raidissent, car elles devaient le porter encore un peu.

Il traversa les remparts et les douves de l'ancienne forteresse avant de se diriger vers le torrent. Il connaissait un endroit, à un demi-kilomètre, où il serait en mesure de le franchir en sautant d'un rocher à l'autre. Il commença à appeler Aish. Elle saurait quoi faire.

Les flammes pétillaient. La sorcière des mers continuait ses incantations dénuées de sens. Le vent de plus en plus vif souleva la chemise d'oncle Will quand il se tourna vers Nuit.

– Tu vois ? fanfaronna-t-il. Il n'y a ni îlots mystérieux ni monstre. Rien !

Thurza Froy s'interrompit, baissa les bras et cracha dans l'herbe.

– Le Gorm m'entend, affirma-t-elle. Il me voit aussi. Mais il n'est pas encore prêt à se montrer.

– Comme c'est dommage, ricana le jeune homme. Tant pis !

– Il lui faut du sang, répartit la vieille. Jadis, on en répandait pour le convoquer. Cette pierre que vous appelez le Fauteuil de Saint-Phocas est un autel, en réalité. C'est là qu'on pratiquait les sacrifices pour le Gorm.

– Malheureusement, nous n'avons pas de sang

sous la main. Est-ce que du vin ferait l'affaire ? Nous avons de la piquette dans le cellier…

Thurza grogna comme un chien. Une gerbe d'étincelles grimpa dans le ciel. À l'ouest, le soleil disparaissait derrière une épaisse bande de nuages qui, Nuit l'aurait juré, ne se trouvait pas là quelques instants auparavant. En bas, le fracas des brisants augmenta.

– Tu te moques de moi, grommela la sorcière, mais tu n'auras plus le cœur à plaisanter quand le Gorm se manifestera. Ce qui ne manquera pas de se passer. Le sang fera son œuvre, et nous en avons plein. Il court dans les veines de cette enfant maudite rejetée par la mer, cette créature échouée que tu considères à tort comme une humaine.

Son index noueux qui tremblait légèrement était pointé sur Nuit. Son ombre soulignée par l'éclat du feu derrière elle vacillait sur le sol. Les antiques pierres levées semblaient s'incliner vers le brasier, comme si elles profitaient de l'occasion pour se réchauffer après tant de siècles de froideur.

– Assez, madame Froy ! dit Will d'une voix sévère. Je vous interdis d'insulter Nuit.

– Je compte faire plus que ça ! hurla l'autre. Je vais l'égorger et répandre son sang dans les vagues. Alors, on verra ce qui mordra à notre hameçon !

– J'ai eu tort de vous amener ici. Je vous prie de partir. L'expérience est terminée.

Oncle Will s'adressa ensuite à Mme Skraeveling :

– Auriez-vous la gentillesse de ramener la petite à la maison ?

Leurs deux voix confondues en ce qui ressemblait à une chanson, la fillette et la domestique tentèrent de l'avertir. La sorcière était forte. Peut-être était-ce la mer qui l'avait endurcie pendant toutes ces années. Si décrépite soit-elle, elle était vive quand elle le voulait. Profitant de ce que Will parlait à Mme Skraeveling, elle s'était emparée d'une des planches qu'elle avait écartées du feu. Elle en frappa le jeune homme avec une telle violence que Nuit perçut un craquement par-dessus les mugissements de l'océan.

Oncle Will s'affala dans l'herbe comme une masse. Thurza l'enjamba d'un bond et, lâchant son arme improvisée, tira de sous ses jupons un vieux couteau usé au manche en bois flotté. Attrapant Nuit par le poignet, elle plaqua la lame contre son cou et brailla à l'adresse de Mme Skraeveling :

– N'approche pas ! Cette gosse revient de droit au Gorm. Si tu tentes de t'interposer entre lui et ce qui lui appartient, je t'étriperai !

La domestique avança d'un pas hésitant. Aussitôt, Thurza fit pression sur la peau de Nuit, qui poussa un cri terrifié.

– Skraeveling ! appela sa femme.

Mais il était déjà à mi-chemin des falaises, en quête

du révérend. Thurza Froy émit un son étranglé qui aurait pu être un ricanement, sauf qu'il était difficile à définir, entre les rugissements de la mer, les sifflements du vent et, au large, pareils à des roulements de tambour, les premiers grondements du tonnerre qui se raclait la gorge. La sorcière entraîna sa victime jusqu'au milieu des menhirs pour la sacrifier, près du bûcher. Puis elle la renversa tête la première sur le Fauteuil de Saint-Phocas. Nuit découvrit que la pierre était couverte de gravures en forme de vagues, et qu'une rigole y avait été taillée afin que le sang s'écoule, comme sur un étal de boucher.

– Lève-toi, mer ! cria Thurza Froy.

Elle enfonça un genou cagneux dans le dos de sa proie pour l'immobiliser. Elle brandit les mains vers le ciel, et le couteau refléta les reflets des flammes et les premières lueurs bleues des éclairs.

– Vagues, roulez !

Comme si elles l'entendaient, ces dernières redoublèrent leurs attaques contre la falaise.

Nuit tordit le cou. Au large, la tempête faisait rage, et un haut mur de nuages sombres menaçait la côte, même si, à l'horizon, une ligne rouge indiquait l'endroit où le soleil était en train de se coucher. Tout à coup, la petite fille distingua les Terres Cachées, parfaitement visibles et toutes proches.

Elles apparurent à Will aussi. Rouvrant les yeux, il découvrit Mme Skraeveling, penchée sur lui.

– Oh, jeune maître, elle va nous l'assassiner, sanglotait-elle.

Malmenées par les bourrasques, des mouettes passèrent en poussant de longues plaintes déchirantes. La sorcière des mers hurlait :

– Gorm vénéré, viens dévorer la terre !

Tournant la tête, Will s'étonna de la douleur que ce mouvement déclenchait. Il aperçut les îlots aux contours bien définis sur l'ouest couleur sang, à croire qu'ils avaient émergé rien que pour lui prouver qu'il avait tort depuis le début.

– Madame Skraeveling, je crains d'avoir été bien bête, murmura-t-il.

– Elle est en train de tuer Nuit ! gémit la domestique.

À travers les flammes, il vit en effet que Thurza Froy brandissait son couteau au-dessus de la petite fille qui se débattait sur la pierre. Il se leva, pour aussitôt se plier en deux sous l'effet de la douleur et du vent déchaîné. S'emparant d'un bout de bois, il le tendit à Mme Skraeveling.

– Je vais la distraire, lui dit-il. De votre côté, attrapez Nuit et emmenez-la en sécurité…

– Lève-toi, mer, et vous, vagues, roulez ! chantait Thurza.

Elle se balançait d'avant en arrière, comme si elle

s'efforçait d'hypnotiser l'océan ou elle-même. Coincée sous son genou, Nuit réussit néanmoins à se redresser. Mme Skraeveling approchait d'un côté, oncle Will de l'autre. Elle s'obligea à s'immobiliser en espérant que la sorcière serait trop absorbée par ses imprécations pour regarder derrière elle.

Ce qui, finalement, n'eut pas grande importance, parce que la mer décida d'entrer en action. Sous un éclair aveuglant à trois branches, la houle changea d'orientation, menaçante comme une soupe épaisse sur le point de déborder. Nuit avait déjà assisté au déchaînement des éléments lors de cauchemars qu'elle avait oubliés, mais qui lui revinrent soudain en mémoire. Elle devina ce qui allait se produire.

– Il est là ! s'époumona-t-elle.

Le vent forcit, couchant les flammes qui protestèrent. Thurza Froy se tut et recula, ahurie par l'efficacité de ses sortilèges. Nuit en profita pour rouler loin du Fauteuil de Saint-Phocas. Mme Skraeveling l'attrapa par la main et l'attira à elle.

– Il faut qu'on s'éloigne des pierres levées ! cria la petite fille.

Sans demander son reste, Will la prit dans ses bras et se mit à courir vers les lumières de la vigie, suivi de la domestique. Nuit regarda par-dessus l'épaule de son oncle si Thurza les pourchassait sur l'étroit chemin escarpé. Non. Debout près de son brasier, elle fixait le large et baissa le bras qui tenait son couteau, comme si elle était étonnée d'être armée.

– Il a répondu à mon appel ! s'exclama-t-elle, stupéfaite. Il a répondu à mon appel !

Telle une vague invisible, une puanteur de marée basse enveloppa le cap de ses relents de pourriture. Le tonnerre gronda de nouveau, et des éclairs zébrèrent le ciel. Nuit constata que l'océan s'écartait devant une entité montée de ses profondeurs.

La petite fille avait si souvent tenté de se représenter le Gorm – sous l'aspect d'un serpent, d'un immense poisson, d'un hippocampe monstrueux, et même du lion de mer mité figurant sur le tableau de la salle à manger. Elle se l'était imaginé aussi grand qu'un cheval, aussi gros qu'un éléphant, aussi imposant qu'une baleine. Elle s'était totalement trompée.

Car le Gorm était vaste comme la mer et infini comme le ciel. On aurait dit que toutes les algues qui poussaient dans les tréfonds marins s'étaient déracinées et rassemblées pour se transmuter en une chose lourdaude, informe, aux innombrables membres. Une chose tellement gigantesque qu'on avait du mal à en croire ses yeux, bien qu'on la discerne sans peine, alors qu'un éclair venait couronner sa tête massive d'une tiare de feu de Saint-Elme.

– Mon Dieu ! s'écria oncle Will quand, ayant entendu

Nuit hurler, il se retourna pour voir ce qui l'avait terrifiée.

Mme Skraeveling les doubla et, affolée, s'enfuit dans une envolée de jupons, tandis que le jeune homme, lui, ralentissait. Avec Nuit accrochée à son cou, ils regardèrent le Gorm qui tendait une extrémité trop molle et immense pour qu'on l'appelle une main et l'abattait sur le promontoire, éteignant le feu et éparpillant les menhirs comme des quilles.

Des doigts luisants aux allures de tentacules s'étirèrent, se plièrent, se refermèrent. Les rochers explosèrent, des lézardes fendirent les falaises, le cap gémit et s'effondra. Nuit aperçut Thurza Froy qui galopait comme une araignée paniquée sur le plateau instable, puis elle la perdit de vue quand elle tomba avec les débris de roche dans des geysers d'écume. Le Gorm se tourna, des cascades d'eau dégoulinant de ses flancs pareils à des murailles de varech.

– Vite ! lança Nuit à son oncle.

Sans se faire prier, il fonça vers le manoir. Les yeux rivés sur le Gorm, Nuit le vit rejeter en arrière le monceau informe et aveugle qui lui servait de tête, et ouvrir une gueule garnie de dents qui étaient des débris d'un bateau naufragé.

26
La lame du Gorm

Déposant Nuit sur le seuil, Will ouvrit vivement la porte de la vigie. La petite s'engouffra dans la maison, bien qu'elle soit consciente que celle-ci ne la protégerait en rien. Un monstre capable d'anéantir le cap de Saint-Phocas n'aurait aucun mal à écrabouiller le manoir comme une coquille d'œuf.

Nuit se précipita dans sa chambre et se colla à la fenêtre. Le Gorm avait vaguement rétréci, à moins que les algues qui le constituaient par milliers se soient resserrées les unes contre les autres, le vidant de son eau, qui jaillissait et s'écrasait en vastes gerbes blanches. Quoi qu'il en soit, il ressemblait désormais à une montagne solide.

Ce qui n'enlevait rien à la terreur qu'il inspirait. De nouveaux bras apparaissaient et se rétractaient, comme si la créature hésitait à prendre l'aspect d'un calamar, d'une pieuvre ou d'un humain géant. Se penchant, le monstre observa la vigie, et Nuit bondit en arrière. Dans un mouvement de colère, il balaya les terres de la main, et l'enfant ferma les yeux, tandis que la maison tremblait sur ses bases. On entendit le fracas de murs maltraités, de poutres fendues et de verre cassé, mais la vigie tint bon, du moins dans la partie où se trouvait Nuit. Lorsque cette dernière osa soulever les paupières, elle constata que le Gorm s'éloignait en piétinant les restes du cap, vers le sud, le long de la côte.

Oncle Will rejoignit sa nièce. Il était d'une pâleur de mort.

– Je suis tellement désolé, s'excusa-t-il.

Debout près de la vitre, tous deux observèrent le gigantesque amas végétal patauger dans les eaux de la baie de Frère-Jacques en provoquant de grands remous sous ses multiples pieds.

– Tu avais raison, reprit Will. Depuis le début...

Nuit éprouva moins de satisfaction qu'attendu. Elle aurait préféré s'être trompée, et que le Gorm ne soit qu'une légende. Après tout, les légendes ne démolissaient pas les falaises.

– Je crois qu'il a brisé la tour, répondit-elle.

– C'est ma faute. J'ai incité la sorcière à le convoquer, et il a répondu.

Le jeune homme tâta son crâne, là où Thurza Froy l'avait frappé, puis examina le sang qui maculait ses doigts. Le tonnerre gronda. Le Gorm hurla. Comme la mer, il semblait ne pas avoir d'objectif précis. Pareil à un enfant capricieux, il suivait ses émotions sans réflexion aucune. Il écuma le littoral jusqu'aux récifs des Spillikins, renversa quelques rochers comme des châteaux de sable puis fit demi-tour.

– Il faut que je l'arrête, dit Will. C'est mon devoir de gardien.

Nuit l'accompagna à travers la maison obscure. Les éclairs dessinaient de brèves fenêtres blanches sur les murs. Dans la salle à manger, l'un d'eux illumina le tableau du Gorm qui, à présent, avait l'air gentil et câlin, comparé à celui qui s'époumonait dehors. Mme Skraeveling arriva, recommandant à Will un pansement, de la pommade et un repos bien mérité.

– Cette horreur de sorcière vous a drôlement amoché, jeune maître. Prenez une chaise et asseyez-vous un moment.

Will prit une chaise mais, au lieu d'obéir, il la plaça près de la cheminée, grimpa dessus et décrocha la lame du Gorm. Sous la poussière et les toiles d'araignées qui la couvraient, elle luisait faiblement.

– J'aurais dû l'affûter, regretta-t-il.

Nuit faillit lui suggérer d'emprunter plutôt le tromblon de M. Skraeveling, mais y renonça en songeant qu'un fusil ne serait pas plus utile qu'une épée pour affronter le Gorm. Même un escadron entier d'artilleurs à cheval n'aurait rien pu contre une masse aussi énorme et furieuse.

– J'ai un peu l'impression d'attaquer un éléphant avec un cure-dent, soupira Will en croisant le regard de sa nièce. Le Gorm ne sera pas plus blessé que nous quand une fourmi nous mord.

– C'est censé être une épée *magique*, souligna-t-elle, malgré ses doutes.

– Si une fourmi me mordait avec assez de force, acquiesça Mme Skraeveling, je déciderais de lever le camp et d'aller pique-niquer ailleurs.

Un nouveau hurlement furibond ébranla la maison. Cette fois, il venait des terres. Apparemment, le Gorm s'était lassé de piétiner des écueils et avait trouvé un moyen de s'éloigner de son élément naturel. Will, Nuit et Mme Skraeveling se précipitèrent dans le vestibule. Le jeune homme ouvrit la porte. Les ténèbres régnaient sur les jardins et, à la lumière d'un éclair, Nuit constata que de gros flocons blancs tourbillonnaient avant de se déposer sur les buissons. Ce n'était pas de la neige, juste de l'écume que la tempête poussait sur les Déferlantes. Dans ce blizzard, une masse noire gigantesque se déplaçait lentement, côté nord.

– Dieu tout-puissant ! s'exclama Mme Skraeveling. Il se dirige vers Marazea !

– C'est ce qu'on va voir ! répliqua Will.

Resserrant sa prise sur son épée ridicule, il sortit dans la tourmente d'écume.

– Oncle Will ! cria Nuit.

– Veille sur Mme Skraeveling pour moi, lui lança-t-il. Et vous, Mme Skraeveling, faites de même avec Nuit.

– Oncle Will !

La petite fille aurait voulu l'accompagner, mais il était déjà à la grille tandis que la domestique la ramenait à l'intérieur et refermait la porte. Quelques flocons s'invitèrent eux aussi et recouvrirent doucement le tapis.

– Je ne verrouille pas, décréta Mme Skraeveling. Aucune clé n'empêchera le Gorm de nous envahir, et si jamais mon mari voulait revenir, hein ? Dire que je l'ai envoyé chercher le révérend Bonnefoy ! Pourvu que le Gorm ne me l'écrase pas comme une crêpe !

M. Skraeveling n'avait pas encore été écrasé comme une crêpe. Will courait sur la pente de Marazea, quand un éclair tremblotant illumina deux silhouettes. S'approchant, il reconnut son serviteur et le révérend, qui revenaient du presbytère mais s'étaient pétrifiés, interloqués par la vision du Gorm.

En entendant les pas de Will, Bonnefoy se retourna. Entre deux décharges électriques, on l'identifiait grâce aux pointes de son col blanc.

– Qu'avez-vous fait, malheureux ? apostropha-t-il le jeune homme. Vous avez réveillé le Léviathan ! C'est l'Apocalypse !

– Le révérend est un peu secoué, s'empressa d'expliquer M. Skraeveling. Ma femme m'a envoyé le chercher en pensant qu'il réussirait à arrêter les sottises de Thurza, mais j'ai comme l'impression qu'il est trop tard.

Le pasteur leva les bras et força la voix pour tenter de se rendre audible dans la tempête. Certains de ses mots tirés de la Bible parvinrent à Will, au milieu des rafales, des flocons d'écume et de la pestilence ambiante :

– *Et il se tint sur le sable de la mer. Puis je vis monter de la mer une bête qui avait dix cornes et sept têtes, et sur ses cornes dix diadèmes, et sur ses têtes des noms de blasphème !*

– Du calme, mon vieux ! Et inutile de monter à la vigie, vous ne servirez à rien là-haut. Retournez plutôt auprès de votre épouse et de vos enfants. Monsieur Skraeveling, Nuit et votre femme sont en sécurité à la maison…

– Et je compte bien que ça dure.

Le vieil homme se dépêcha de grimper le sentier,

tandis que Will attrapait Bonnefoy par le revers humide de son manteau et l'entraînait vers le village. Une fois au pied des dunes, il lui ordonna de rejoindre les siens, l'envoya d'une bourrade sur le chemin pendant que lui-même courait en direction de Marazea. Là où auraient dû briller les lumières des maisons ne régnait que l'obscurité. Le Gorm avait progressivement pris une forme plus humaine. De sa tête, tout là-haut dans les nuages qui défilaient, pendaient de longues guirlandes de varech qui ondulaient dans le vent comme les cheveux d'une femme. Ce qui rappela au jeune homme la curieuse liste de divinités qu'avait dressée son frère dans le journal de bord. *Thalassa, Téthys, Tiamat, le Gorm.*

La créature pivota sur elle-même, à croire qu'elle avait perçu l'arrivée de Will. À moins que quelque sorcellerie lui ait permis de sentir qu'il tenait la lame. Ou alors, elle avait juste été attirée par l'éclat du métal. Le sol fit une embardée, et une colline surgit soudain dans le champ de vision du gardien, lui barrant la route. Il s'agissait de l'un des pieds du Gorm, un entrelacs d'herbes sous-marines qui gémissaient, craquaient et se tordaient lorsque leur propriétaire se déplaçait. Des pans de roche émergeaient de ce fatras, telles des griffes acérées. Des torrents d'eau de mer ruisselaient le long des jambes du monstre et tombaient en cataractes blanches de son torse.

Will songea à quel point son adversaire était immense, et lui si petit. L'odeur qui en émanait lui remémora sa terreur quand il avait exploré les grottes des falaises en compagnie d'Andrew, alors qu'il était tout gamin et avait peur du noir, peur de la marée montante, peur de monstres imaginaires, peur d'être traité de froussard. À présent, il ne se sentait ni plus âgé, ni plus fort, ni plus capable d'affronter cette sorte d'être. Mais il avait conscience que d'autres avant lui avaient éprouvé les mêmes angoisses devant les Français, à la bataille de La Corogne ou à celle d'Austerlitz. Aussi, il se comporta comme il pensait qu'ils s'étaient comportés : tout entier dévoué à sa tâche, il fit ses prières, poussa un cri de guerre inintelligible et terrorisé, et se rua sur l'ennemi.

27
Les dunes

À la vigie, les flammes des bougies vacillèrent, chahutées par le vent qui avait trouvé à se frayer un chemin par les trous des volets. La vieille demeure craquait comme un bateau pris dans la tempête, et ses cheminées mugissaient. Au moins, M. Skraeveling était enfin rentré, trempé comme une soupe et affolé par ce dont il avait été témoin.

– M. Noire va tout arranger, dit sa femme en essayant de se persuader elle-même.

– Je saisis toujours pas pourquoi le brasier de la vieille Thurza a tellement dérangé le Gorm, répondit son époux.

Sauf que, songeait Nuit en les écoutant, ce n'était pas le feu, le responsable. Ni les incantations magiques.

Le Gorm avait assisté à tout ça, mais ce n'était que quand la sorcière lui avait promis du sang qu'il s'était manifesté. Mais comme elle n'avait pas eu le temps de trancher la gorge de la petite fille, ce n'était pas tant le sang qui l'avait provoqué que sa simple mention...

Soudain, Nuit envisagea les événements tels que le Gorm les avaient sans doute perçus, quand il concentrait son attention sur ce qui se déroulait entre les pierres levées. Thurza n'avait rien compris à ce qui avait causé sa venue. S'il s'était montré, ce n'était pas pour répondre à ses appels, mais parce qu'il avait cru Nuit en danger. Il avait surgi des profondeurs pour l'empêcher d'être tuée.

La petite fille se sentit très importante. Très effrayée également. Elle n'arrivait pas à deviner pourquoi le Gorm se souciait d'elle ni ce dont il était capable pour la protéger.

La lame s'enfonça profondément dans le pied de varech, avec une violence qui ébranla furieusement les épaules de Will quand elle heurta un rocher enfoui sous la végétation. Le monstre poussa un cri évoquant un roulement de tonnerre haut perché qui semblait plus inspiré par la colère que par la douleur. Il recula d'un pas, tel un homme qui se serait malencontreusement planté une épine dans l'orteil. Will se demanda comment son adversaire avait pu sentir la morsure de l'épée. En même temps, comment réussissait-il à voir, à bouger et à émettre des sons ? Comment pouvait-il même exister ? Dans cette histoire, tout était fou. Le jeune homme lança un nouvel assaut mais s'affala dans l'empreinte profonde de la patte.

La créature se pencha et balança la lune ébouriffée qui lui servait de tête, comme si elle cherchait ce qui l'avait piquée. Des lampes s'allumèrent par milliers comme autant d'yeux qui, en réalité, étaient des milliers de bouts de verre dépoli plantés dans ce qui aurait dû être un visage. La gueule à demi ouverte dévoila ses dents en navires naufragés tout en déversant des cascades d'eau salée, inondant Will comme le jour où il s'était échoué sur la plage. Des replis du monstre, des poissons s'échappèrent et vinrent frétiller sur le sol. Crachotant, le jeune homme s'extirpa de son trou et frappa derechef avec son glaive. Encore une fois, le Gorm battit en retraite, emportant dans son élan l'arme, coincée dans le varech. Will se retrouva avec la seule poignée en main.

– Non ! se lamenta-t-il.

Le monstre l'entendit. Le gardien s'enfuit en courant à toutes jambes vers les dunes, se débarrassant de la poignée au passage. À présent désarmé, il se dit que son seul espoir était de ramener son adversaire à la mer, de l'éloigner de la vigie et des autres maisonnettes des Déferlantes.

La créature laissa échapper un effroyable hurlement et abattit son poing pesant qui aurait aplati Will si ce dernier, grâce à un éclair, n'avait pas repéré sur le sol l'ombre de la masse menaçante et ne s'était pas jeté sur le côté juste avant qu'elle ne frappe. La terre trembla quand les pieds énormes piétinèrent alentour. Will s'éloigna lentement. Il se redressa, trébucha et dégringola parmi des ronces et des buissons avant de s'écraser dans une fosse détrempée remplie de gravats, de poutres brisées et de rideaux en mousseline fantomatiques. C'étaient les ruines du presbytère.

– Bonnefoy ? appela le jeune homme, horrifié. Madame Bonnefoy ? Les enfants ?

Personne ne lui répondit, à part la foudre et le bruit sourd des brisants dans la baie. Le révérend était-il rentré chez lui comme il le lui avait ordonné ? Gisait-il sous les décombres, ou seule sa famille avait-elle été ensevelie ? Des éclairs illuminèrent les lieux. Levant la tête, Will vit le Gorm et se rappela qu'il avait l'intention de le ramener vers l'océan. Il n'avait pas sauvé les Bonnefoy, mais il pouvait sûrement épargner le reste de Marazea.

– Par ici ! cria-t-il de toutes ses forces. Ici, je suis ici !

Les prunelles du monstre projetèrent des reflets électriques quand il se tourna en direction de la faible voix humaine qui le défiait. Pris de terreur, Will se sauva vers la plage en écrabouillant ce qu'il restait de la plus jolie porcelaine de Mme Bonnefoy. Il marcha dans la boue, dans le potager dévasté, dans l'herbe et parvint enfin au sable humide des dunes, qu'il escalada en dérapant, se raccrochant à de maigres touffes de végétation pour se hisser au sommet. Devant lui s'étalait la mer, procession de crêtes blanches qui se fracassaient sur le rivage en écume brumeuse et explosions assourdissantes. Vérifiant que le Gorm le suivait, il découvrit qu'il était beaucoup plus proche que ce qu'il avait cru.

Une jambe frappa la dune sur laquelle il se trouvait, et il fut projeté en l'air en même temps qu'une tonne de sable et une nuée d'algues visqueuses. L'océan faisait des sauts périlleux, le monstre rugissait, Will s'égosillait. Lorsqu'il retomba sur le sol, la moitié de la plage de Marazea l'enterra.

Thurza Froy était une dure à cuire. Quand le Gorm avait rasé le cap de Saint-Phocas, elle avait pensé sa dernière heure venue. Mais la saillie rocheuse à laquelle elle s'accrochait en avait frappé une autre dans sa chute et avait rebondi contre un pan encore solide qui avait expédié la sorcière dans la prairie bordant les jardins de la vigie. Sonnée, elle était restée allongée un moment, à l'écoute de la mer démontée et de la fureur destructrice du monstre.

Dire qu'il s'était enfin montré pour piétiner et noyer les habitants des Déferlantes ! Bien qu'elle n'ait cessé de leur seriner qu'il se manifesterait, elle ne pouvait s'empêcher d'être surprise. Elle avait jeté ses sortilèges, chanté ses incantations, allumé ses feux et fait de sombres promesses au monstre pendant des années, et maintenant que celui-ci avait daigné lui répondre, elle se rendait compte qu'elle n'y avait jamais vraiment cru.

Elle se leva et regarda autour d'elle. Le promontoire avait disparu, et des vagues féroces s'en disputaient les débris. La vigie avait souffert elle aussi, et la sorcière eut le plaisir de constater que le Gorm en avait démoli la tour et l'aile sud. Des décombres gisaient sur les pelouses, et l'un des bras du sémaphore s'était planté dans la remise de M. Skraeveling.

Au nord, Thurza distingua le ressac pâle dans la baie de Saint-Phocas puis, à la lumière des éclairs, le Gorm en personne, qui beuglait sans discontinuer. Il avait l'air de vouloir aplatir complètement les Déferlantes, jusqu'à ce qu'elles soient submergées et ne forment plus qu'un banc de sable. Thurza avait bien l'intention de voguer sur la mer, pas d'y être engloutie. Par ailleurs, les Terres Cachées avaient surgi. Si elle réussissait à regagner sa bicoque et le canot qui l'y attendait, elle naviguerait vers les palais du Gorm. Ce dernier étant tout entier focalisé sur sa vengeance, elle en profiterait pour s'y faufiler, récupérer son Davey et rafler les trésors qu'elle l'avait envoyé chercher…

Elle contourna vivement le manoir, dénicha un endroit où le mur d'enceinte s'était affaissé, l'escalada et descendit le sentier des falaises. Partant du principe que le monstre serait occupé à terre, elle se dirigea vers la plage, l'idée étant de la remonter vers le nord jusqu'aux Éboulis. Elle ignorait encore comment elle s'y prendrait pour appareiller dans cette tempête, mais elle avait foi en sa propre intelligence. La vieille Thurza trouverait bien un moyen d'arriver à ses fins.

Des éclairs fendirent les nuages alors qu'elle était au niveau des dunes, et elle devina une présence. Elle se figea. Une petite armée d'Hommes-Varech la croisèrent de leur démarche lourde, dans une douce symphonie d'ondulations et de bruits d'eau. La sorcière se tapit au sol. Elle n'avait pas déjoué la mort pour être achevée par ces affreux épouvantails chancelants. Immobile, elle observa les silhouettes mal assurées qui s'engageaient sur le chemin conduisant à la vigie.

28
Le siège de la vigie

– Noire ? Will Noire ?

Des doigts forts trouvèrent le visage du jeune homme et entreprirent de le dégager du sable humide qui l'avait enseveli. Il réussit à libérer une main et à essuyer ses yeux pleins de sable. Un voile argenté lui apparut : un bref éclat de lune dans le ciel tempétueux. Se dessinant sur ce fond clair, une terrifiante tête coiffée de bois de cerf.

– Will Noire, déclara-t-elle, quand vous ne vous noyez pas, vous vous faites enterrer vivant. Vous êtes l'homme le plus malchanceux que je connaisse.

– Mademoiselle Aish ! s'exclama le rescapé.

Il espéra qu'elle n'avait pas remarqué le cri de

frayeur peu viril qu'il avait poussé en la découvrant. À présent qu'il savait à qui il avait affaire, il se dit qu'il n'avait jamais été aussi heureux de voir quelqu'un. Se penchant sur lui, elle l'enlaça et le tira de sa tombe de sable. La tête enfouie dans l'enchevêtrement d'amulettes qu'elle portait au cou, Will huma sa bonne odeur de terre humide, qui lui sembla un antidote souverain contre la puanteur marine de l'Atlante.

– Pardonnez-moi, marmonna-t-il, ce sont les bois de cerf. Je vous ai prise pour un démon, un lutin…

– J'ignorais que vous croyiez à pareilles sottises.

– Je ne croyais pas au Gorm, or il est tout ce qu'il y a de plus réel, répondit-il en tressaillant quand un des horribles rugissements du monstre rebondit sur les dunes. Il est possible que toutes ces fadaises soient vraies. Je vous dois des excuses. Je me suis comporté comme un imbécile.

– Au moins, maintenant, vous en êtes conscient. Heureusement que j'ai aperçu votre main, sinon vous étiez perdu. Œuf m'a avertie de ce qui se passait. Je suis venue aussi vite que possible, mais trop tard. Le Gorm a réussi à investir les Déferlantes plus tôt que je le pensais.

– C'est ma faute, admit Will, penaud. J'ai invité la sorcière à le convoquer.

Aish eut un reniflement dubitatif.

– La Gorm n'a répondu ni à Thurza Froy ni à vous, Will Noire. Invoquée ou non, elle serait quand même venue. Voilà plus d'un an qu'elle y songe. J'ai senti son regard sur nous, et j'ai vu les Terres Cachées.

– Vous me l'avez dit. Nuit aussi. Je n'ai écouté aucune de vous deux. À présent, le presbytère est en ruine, alors que j'y avais renvoyé le révérend Bonnefoy. Toute sa famille est morte. Les malheureux ! Et c'est à cause de moi.

– Il arrive à tout le monde de se montrer sot, répondit Aish en l'aidant à se lever. Votre plus grosse bêtise a été d'affronter la Gorm seul. Vous n'y êtes pour rien, car les gardiens successifs ont oublié que John Noire avait été aidé dans son combat contre elle.

Retirant ses bottes, le jeune homme les vida du sable qui s'y était accumulé.

– D'après la légende, c'est l'ange gardien de l'île qui l'a soutenu. Mais ce n'est qu'une légende.

– Comme la Gorm. Pourtant, elle a bel et bien émergé pour ratatiner les maisons. La vieille épée de John Noire n'aurait pas suffi à l'arrêter. Il lui fallait quelques sortilèges pour la rendre efficace. La magie terrestre que j'exerce n'est peut-être pas aussi puissante que la magie marine de la Gorm, mais je suis capable de doter un glaive d'assez de pouvoir pour stopper un moment les carnages de ce monstre.

– Alors, vous êtes…

Will ne parvint pas à formuler sa pensée. Aish le fixa et, malgré l'obscurité, il distingua dans ses yeux un éclat de couleur, celle du soleil couchant dans un ruisseau bourbeux.

– Et maintenant, gardien, où est votre arme ? Enfouie quelque part, j'imagine. On va la déterrer comme un chien son os, je prononcerai quelques petites formules et, ensuite, vous donnerez une bonne leçon à Mlle la Gorm.

La femme-troll semblait si sûre d'elle-même que Will se surprit à regarder alentour, s'attendant vaguement à ce que la lame du Gorm surgisse du sable, telle Excalibur. Il lui fallut un instant pour se souvenir.

– Je ne l'ai plus ! gémit-il. Elle s'est brisée, et j'ai jeté la poignée quelque part dans le coin.

Du côté de Marazea, les chiens aboyaient. Le monstre rugit et hulula. Aish resta silencieuse une minute.

– Dans ce cas, Will Noire, finit-elle par dire, nous sommes dans la panade.

À la vigie du Crépuscule, les volets intérieurs de la salle à manger tremblèrent, comme si une entité plus puissante que l'ouragan tentait d'entrer dans la maison. Les Skraeveling et Nuit fixèrent les fenêtres avant d'échanger un regard.

– Ce n'est que le vent, assura le domestique.

Ce qui ne l'empêcha pas d'aller récupérer son tromblon précipitamment. Il avait à peine quitté la pièce qu'on entendit un bris de verre, aussitôt suivi d'un autre. Les panneaux de bois s'incurvèrent sous l'effet d'un coup qui avait plus l'air asséné par un poing que par une bourrasque.

– Viens derrière moi, chaton, ordonna Mme Skraeveling en s'emparant du tisonnier de la cheminée.

Nuit obéit, regrettant de ne pas avoir de tisonnier elle aussi. Elle dut se contenter de la pince. De nouveau, les volets se courbèrent et, cette fois, le loquet qui les maintenait fermés céda. Ils s'ouvrirent en grand. Alors, des guirlandes d'algues sombres s'infiltrèrent par les vitres cassées. Elles se répandirent sur le rebord de la fenêtre, dégringolèrent par terre, où elles se tortillèrent avant de se redresser et de se rassembler pour former un Homme-Varech. Tout ça avec une surprenante rapidité. La créature s'approcha de Nuit. Déjà, une deuxième apparaissait.

Poussant malgré elle un hurlement de terreur, la petite fille recula. Elle essaya de se dire que le Gorm ne voulait que la protéger et que ses envoyés, étant ses amis ou ses serviteurs, désiraient la même chose. Malheureusement, ils n'avaient pas une allure très amicale, avec leurs visages dénués de traits et leurs pattes tendues vers elle.

– Plus un pas, sale monstre ! lança Mme Skraeveling.

Elle administra un tel coup de tisonnier à l'Homme-Varech qu'il en perdit la moitié de la tête, et que ses yeux de verre roulèrent sur le tapis devant l'âtre. S'agenouillant, il entreprit de les chercher à tâtons, tandis que Nuit et la domestique gagnaient la porte.

– Jan ! appela Mme Skraeveling.

Le battant claqua à l'instant où elles l'atteignaient, et son mari entra avec son arme.

– À la grâce de Dieu ! s'exclama-t-il.

Sur ce, il tira sur le deuxième Homme-Varech, qui avançait d'une démarche pataude. La salle à manger fut envahie par la fumée et le fracas, et l'impact fit tituber en arrière le monstre, sans sembler occasionner de gros dégâts. Il se rapprocha, des lambeaux d'algue à demi calcinés fumant dans les entrelacs de son torse. Près de la cheminée, le premier avait retrouvé l'un de ses yeux et l'enfonçait, comme un cyclope, au milieu de son visage maladroitement reconstitué. Une troisième créature était en train de franchir la fenêtre.

– Filons ! cria M. Skraeveling.

Il poussa sa femme et Nuit dans le couloir. Sauf que de nouveaux Hommes-Varech avaient réussi à forcer d'autres fenêtres. Deux, en provenance de la chambre de la fillette, avaient envahi le corridor, et un autre descendait l'escalier, ses mains humides glissant sur la tortue sculptée du palier.

Dans le vestibule, un bruit sourd retentit, tandis qu'une chose mouillée, molle et pesante se jetait sur la porte principale.

29
MAGIE DE LA MER ET MAGIE DE LA TERRE

Une fois certaine que les Hommes-Varech étaient partis, Thurza Froy sortit de sa cachette et se rendit sur la plage. Elle eut l'impression que le vent faiblissait. Des taches de lune se dessinaient sur le sable. Elle calcula que, le temps qu'elle atteigne son canot, la tempête serait terminée. Elle se tourna vers le large pour vérifier que les îlots étaient toujours visibles.

Sur la grève se tenait une silhouette, si informe que la sorcière pensa d'abord avoir affaire à un de ces maudits Hommes-Varech. Mais un éclair serviable illumina la côte juste à cet instant, et elle constata que la tête de l'étrange corps était surmontée d'un cône, comme si un requin s'était redressé en pointant sa gueule vers le ciel. La foudre éclaira les fenêtres rondes de ses prunelles.

– Davey ! chuchota Thurza, tandis que son mari s'approchait d'elle.

Elle avait identifié la peau de phoque avec ses mitaines, son casque et ses pieds lestés de plomb. Elle l'avait cousue elle-même et, pendant que la chose avançait à pas maladroits, elle crut distinguer, à la lueur de la lune, ses propres empreintes sur le goudron qu'elle avait utilisé pour rendre étanche le trou des yeux.

– Mon Davey chéri ! roucoula-t-elle comme une gamine. Tu m'es revenu ! Tu m'as épargné un voyage jusqu'aux Terres Cachées. Dis-moi que tu m'as rapporté quelques-uns des trésors du Gorm...

Le plongeur ne sembla pas l'avoir entendue, et une affreuse pensée traversa l'esprit de Thurza : et si son époux ne la reconnaissait pas ? Des années s'étaient écoulées depuis que la dame en blanc et les Terres Cachées le lui avaient volé. Il était possible que le temps passe plus lentement dans les palais du Gorm. Ou pas du tout. Peut-être que son Davey était toujours un jeune homme, incapable de voir sa femme dans cette vieillarde qui l'attendait. Elle tripota nerveusement ses cheveux sales, retira le crabe qui pourrissait à son cou et le jeta en espérant qu'il ne l'avait pas remarqué.

Quand il fut tout proche d'elle, la dominant, elle scruta les fenêtres du casque, avide d'apercevoir un pan du beau visage de son aimé, mais de la brume ou de la moisissure opacifiait l'intérieur des carreaux. De leurs coutures suintait de l'eau pareille à des larmes salées.

– Enlève-moi cette cagoule, mon chéri.

Elle tendit son visage ridé pour qu'il l'embrasse. Pauvre Thurza Froy ! Toutes ces décennies de patience, de surveillance, d'étude de la légende du Gorm, et elle n'avait jamais vraiment compris le monstre. Elle croyait à une créature enchantée, dont les Hommes-Varech et la dame en blanc qui s'était entichée de son Davey n'étaient que les serviteurs. Elle n'avait pas deviné qu'ils *étaient* le Gorm, que ce dernier les habitait, comme il habitait la masse en train de ravager les granges et les clôtures des Déferlantes. Elle n'avait pas saisi que la belle femme des profondeurs ne s'était pas amourachée de Davey, mais juste de son scaphandre. De même, elle ne se rendit pas compte que c'était l'esprit froid du Gorm qui la fixait derrière ces disques en verre. Elle ne comprit pas que c'étaient les mains du Gorm qui s'emparaient d'elle avec la puissance d'un étau et commençaient à l'entraîner vers la mer. Ni qu'il était aussi dans les grandes vagues écumeuses qui roulèrent pour l'engloutir, dans l'eau glacée et salée qui força son passage entre ses dents, coula dans sa gorge et emplit ses poumons.

Pauvre Thurza Froy ! Tant de choses lui avaient échappé. Maintenant, c'était trop tard.

Will et Aish dévalèrent les dunes en direction des prés qui s'étendaient derrière. Deux poneys hirsutes les y attendaient. Œuf montait l'un d'eux et tenait à la main la bride de l'autre. Les animaux étaient affolés, et l'on distinguait le blanc de leurs yeux sous les éclats de lune qui continuaient d'apparaître par intermittence. Le garçon leur murmurait des paroles rassurantes pour les empêcher de détaler.

– Chut, chut. Il n'y a pas de quoi avoir peur. Regardez, la voilà.

Il toisa Will d'un regard dur, histoire qu'il sache qu'il le tenait pour responsable de ces événements, contrairement à Aish.

– Tu as ta lance sur toi ? lui demanda la femme-troll.

Évidemment ! Il n'était pas assez idiot pour s'aventurer sans arme au milieu de ce bazar grouillant de drôles de types en algues et autres je-ne-sais-quoi. Sa lance était attachée dans son dos. Il la tendit à Aish. Le manche était en frêne, un peu tordu, et la lame une pierre aiguisée.

– C'est moi qui l'ai fabriquée, précisa-t-il à Will.

– Ce truc serait efficace contre le Gorm ? répartit-il, dubitatif.

– La pierre vient des montagnes, précisa Aish avec un haussement d'épaules. Elle contient forcément un peu de magie de la terre. Ça vaut le coup d'essayer.

Elle cracha sur la pointe de la lance, la frotta de sa salive et marmonna des mots que Will ne comprit pas. Puis elle regarda Œuf et dit :

– Prends les poneys et va à la vigie.

– Mais je veux venir avec vous ! protesta-t-il. C'est ma lance !

– Sauf que nous devons affronter la Gorm, et que tu m'es trop précieux pour être piétiné. Fiche-moi le camp et veille sur Nuit. Nous vous rejoindrons au manoir.

– Si vous ne vous faites pas écrabouiller avant ! râla Œuf d'un ton boudeur, au bord des larmes.

Son amie lui jeta un coup d'œil lourd de sens, et il s'en alla avec les deux montures. Celles-ci, heureuses de s'éloigner, pressèrent le pas, et le garçon se fondit dans l'obscurité en leur ordonnant de ralentir. Aish remit l'arme à Will.

– Et maintenant, rapprochons-nous de la créature, et servez-vous de ça.

– Oh, Jan, murmura Mme Skraeveling, comment allons-nous nous en sortir ?

Les Hommes-Varech avançaient sans renoncer, lents mais aussi patients que la marée montante.

– Je vais les retenir, Carrie, répondit le courageux domestique. Toi, fais partir Nuit par la cuisine et cachez-vous dans la prairie.

– Non, protesta Nuit.

– Tout ira bien, chaton, la rassura Mme Skraeveling sans beaucoup de conviction.

Elle prit l'enfant par la main, mais un fracas de casseroles dégringolant des étagères leur apprit que cette issue était désormais bloquée par les envahisseurs. De toute façon, Nuit estimait qu'elle ne pouvait pas laisser M. Skraeveling les affronter seul. Et puis, ce n'était pas lui qui les intéressait. Une fois encore, elle eut le sentiment récurrent que les prunelles de la mer l'épiaient, un sentiment aussi puissant que la puanteur marine qui imprégnait la maison et effaçait ses odeurs familières.

Nuit plaqua ses paumes sur ses oreilles afin de mieux réfléchir. Elle se souvint qu'Aish avait évoqué une guerre ayant toujours opposé la terre et la mer. Le conflit était bel et bien en train de faire rage, menaçant de blesser ceux que la petite fille aimait. Cependant, si elle avait raison de croire que le Gorm cherchait à la protéger, c'était elle la responsable de tout cela. Elle était donc en mesure d'arrêter les choses – il suffisait qu'elle donne au monstre ce qu'il voulait.

– Voyons, chaton, fit M. Skraeveling.

Il brandit sa pétoire vide comme un gourdin devant l'Homme-Varech le plus proche, sauf que celui-ci n'avait pas de nez à briser ni de crâne à fracasser. Le coup de crosse qui frappa sa tête ne provoqua pas plus de dégâts que les rochers sur lesquels il avait dû être jeté par les vagues quand il avait décidé de gagner l'île. Soulevant son adversaire de ses pattes humides, il le lança comme une poupée de son contre le mur.

Ça suffit à convaincre Nuit. Elle devait mettre un terme à ces horreurs avant que M. Skraeveling n'y perde la vie et que le Gorm ne réduise les Déferlantes en miettes. Se libérant de la main de Mme Skraeveling, elle courut jusqu'à la porte d'entrée.

– Laissez-les tranquilles ! cria-t-elle. Je suis là ! J'arrive !

– Nuit ! geignit Mme Skraeveling.

– Tout va bien. C'est moi qu'ils veulent. Si je les accompagne, ils se calmeront.

Elle croisa les doigts pour ne pas se tromper. Elle tira le battant et, pris de court, l'Homme-Varech qui se jetait dessus s'affala sur le paillasson. Sautant par-dessus le tas gluant, Nuit s'enfuit dans le jardin.

Les créatures qui s'y trouvaient se tournèrent vers elle, tandis que les six autres qui l'avaient pourchassée à l'intérieur se rassemblaient derrière elle. Nuit avait peur, mais pas autant qu'elle le redoutait. Elle leur adressa une révérence tremblotante.

– Me voici. Je suis d'accord pour venir avec vous si vous arrêtez d'embêter mes amis.

Elle fut encerclée. Elle doutait que les monstres végétaux l'aient entendue ou comprise. Avaient-ils seulement des oreilles ? Un cerveau ? La lune donnait un reflet argenté à leurs silhouettes et allumait des étincelles froides dans leurs yeux de verre. L'un d'eux tenta de la toucher et recula aussitôt, à croire qu'elle l'avait brûlé.

Portant une main à son cou, elle tripota la ficelle à laquelle pendait la pierre verte que lui avait offerte Aish. Elle l'extirpa de sous sa robe, et les Hommes-Varech frémirent. Elle fut soulagée de constater que la magie de la femme-troll fonctionnait. À cet instant, un rayon de lune montra le Gorm qui, à Marazea, écrasait quelque chose avant de rejeter la tête en arrière pour pousser un rugissement qui rebondit sur les montagnes.

Doucement, Nuit retira le pendentif et le tint à bout de bras. Les Hommes-Varech l'observèrent attentivement. S'ils avaient pu, ils auraient retenu leur souffle. Elle déplia les doigts et laissa tomber la pierre sur le sol. Nuit perçut le bruit de sa chute car le vent, qui avait gémi autour de la maison, avait cessé. La mer s'était apaisée. Le Gorm s'était tu. Durant un instant, un grand calme régna, et Nuit crut percevoir le bruit de sabots qui grimpaient le sentier vers la vigie.

Alors, les Hommes-Varech refermèrent leur cercle, enroulèrent leurs doigts puissants autour d'elle et la soulevèrent avec précaution. Dans la baie de l'Homme-Blême, l'océan recommença à s'agiter, et les vagues hurlèrent, triomphantes :

– *Nuit !*

30
UNE VICTOIRE ET UNE DÉFAITE

Will et Aish progressaient vers le nord, à travers les buissons et l'herbe rêche. Le Gorm se dressa devant eux en beuglant. Il semblait occupé à écraser les dunes près de Marazea, creusant peut-être un passage pour permettre aux vagues d'inonder les champs et les fermes à l'intérieur des terres. À moins que sa colère primaire le pousse juste à taper dans des tas de sable.

– Vous en parlez au féminin, fit remarquer Will, qui avait découvert que discuter soulageait sa terreur.

– Parce que, pour moi, une entité aussi puissante, intelligente et rancunière ne peut qu'être une femme.

Les hommes sont des êtres simples et beaucoup plus manipulables.

– Mais qu'est-elle ? Un amas d'algues et de carcasses de bateaux ?

– Elle est ce que la mer rêve d'être. Elle a pris vie lorsque la première tempête a secoué le premier océan. Elle épouse des formes différentes. En fonction de ses humeurs. Celle-ci incarne sa fureur.

« Et c'est moi qui l'ai déclenchée », songea Will, qui se demanda pourquoi la Gorm n'avait pas écrabouillé la vigie comme elle le faisait avec les dunes et pourquoi elle ne s'en prenait pas à lui. Il soupesa son arme. Si modeste soit-elle, elle avait l'air bien équilibrée. Sauf qu'il n'avait encore jamais pratiqué le lancer de javelot. Il contempla la créature, puis Aish. Il gardait en mémoire la force de ses bras de chasseresse quand elle l'avait enlacé.

– C'est à vous de le faire, déclara-t-il en lui tendant son arme.

– C'est vous le gardien, rétorqua-t-elle.

Le monstre hurla. Il n'était plus très loin, à présent. La pestilence qu'il dégageait rendait toute réflexion ou parole difficiles. Une de ses jambes barrait le chemin, telle une forteresse. Will brandit sa lance.

– Gorm ! cria Aish. Chère vieille Gorm ! Vieux tas d'algues ! Antique colère de la mer ! Regarde un peu par ici ! Regarde ce que nous t'avons apporté ! C'est une lame façonnée dans une bonne pierre venant du cœur de ma terre. Tu as envie d'y goûter ?

Will lança son javelot, qu'il perdit aussitôt de vue. Il espéra qu'elle avait trouvé son chemin jusqu'aux entrelacs d'algues qui formaient le Gorm. Il guetta un signe indiquant qu'il avait bien visé, mais la seule chose qui se produisit fut un silence soudain. Même le vent était tombé, même l'océan ne bougeait plus.

Le Gorm se retourna dans un gigantesque tourbillon de ses longues guirlandes de varech, se reforma et fit face aux deux humains. Will s'émerveilla encore une fois devant son immensité, sa force et sa laideur ; il se dit qu'ils allaient être écrabouillés. Aish aussi, sans doute, car elle saisit la main du jeune homme au moment où il s'emparait de la sienne. Tels deux enfants effrayés, ils attendirent leur punition.

Mais le Gorm ne les regardait pas. Il fixait la vigie du Crépuscule et les ruines du cap de Saint-Phocas. Alors, la créature parut s'affaisser, puis entreprit de se démanteler rapidement, se tassant sur elle-même comme une tour sapée, s'effondrant en une avalanche d'herbes marines qui aurait enseveli Will si sa compagne ne lui avait pas ordonné de fuir.

Ils déguerpirent, tandis que dans leur dos résonnait le tintamarre de fontaines abyssales qui accompagnait la fin du Gorm. Lorsqu'ils s'arrêtèrent enfin au sommet d'une dune, hors d'haleine, ils constatèrent que les terres et la plage étaient méconnaissables, enterrées sous une épaisseur d'algues jonchées des coques de bateaux ayant coulé depuis longtemps.

– Que s'est-il passé ? demanda Will. L'avons-nous tuée ?

– Nous avons rompu son sortilège, répondit Aish. Nous avons repoussé son esprit dans les profondeurs marines.

– Mais comment ? Juste avec une lance ? Une toute petite lance face à une Gorm aussi grande ?

Tentant de se rassurer – non, il n'était pas fou –, il s'efforça de raisonner en scientifique.

– Elle était peut-être animée par des courants électriques. Comme une des grenouilles dans les expériences du *signor* Galvani. La pointe de la lance aura coupé l'apport en énergie, et elle n'a plus réussi à tenir debout.

Aish le contempla avec affection, amusée par ses sottises.

– Il s'agissait de magie, Will Noire. Rien de plus. Même si, je le confesse, je suis moi aussi surprise par son efficacité.

Côte à côte, ils reprirent leur route. Dans le ciel, les étoiles sortaient de leurs cachettes nuageuses. À Marazea, les chiens aboyaient triomphalement, persuadés d'avoir effrayé le Gorm avec leur vacarme. Des habitants se rassemblaient, équipés de torches, pour inspecter les fermes en bordure du village. De l'église monta la mélodie d'une chanson douce.

Will et Aish y descendirent. Lorsque le jeune homme en poussa la porte, le chant se tut. Ceux qui l'avait entonné étaient les Bonnefoy et leur servante, blottis devant un cierge, terrifiés mais vivants.

– Le danger est-il passé ? s'enquit le révérend. Sommes-nous débarrassés du mal ?

– Will Noire l'a vaincu, dit Aish.

– Je ne sais pas comment, admit Will. Je ne crois même pas l'avoir touchée.

– Ne soyez pas modeste, s'exclama Mme Bonnefoy. Vous êtes un héros !

Will n'en avait pas du tout l'impression. À ses yeux, il avait été aussi utile que les chiens qui s'étaient égosillés. Il n'arrivait pas à se débarrasser de l'idée que le Gorm n'avait rien senti de sa lance ridicule, et s'était désintégré pour des raisons qui lui étaient propres.

– Nous avons prié pour vous, monsieur Noire, lui apprit Lucy.

Épuisé, il s'allongea sur le plancher inconfortable, un coussin en guise d'oreiller, et sombra dans un sommeil agité. À son réveil, les vitraux en verre irrégulier commençaient à laisser passer une lueur grise. Suivi de tous, il sortit et, dans l'air frais de l'aube qui pointait, découvrit un monde transformé. Partout gisaient des algues qui obstruaient les ruisseaux et créaient de nouvelles mares. Au milieu de tout ça, de gros rochers et des poissons, dont certains frétillaient encore. Le cadavre d'un requin était pendu à un poirier. Les enfants Bonnefoy, ahuris, se déplaçaient dans les ruines de leur maison, récupérant de modestes trésors – une poupée, une bougie, une soucoupe miraculée du plus joli service à thé décoré de branches de saule. En sanglotant, Lucy apporta à sa mère une babiole brisée.

– Ne vous amassez pas des trésors sur la terre, mais amassez-vous des trésors dans le ciel, la consola sa mère, citant les Évangiles.

Aish et Will grimpèrent les dunes pour gagner la grève, où ils déambulèrent entre les débris que le monstre y avait semés, restes d'anciens navires arrachés à la vase et noirs comme du bois de tourbière. Le révérend Bonnefoy les rejoignit. À la lumière du jour, il avait du mal à croire ce dont il avait été témoin la veille.

– Rien qu'une tempête, je suppose, ne cessait-il de répéter. Une très grosse tempête. Un ouragan. Un tremblement de terre…

– C'était la Gorm, répondit Will. Vous l'avez vue, Bonnefoy. Moi aussi. Elle a réduit votre maison en bouillie.

– … ou une trombe marine, poursuivit le révérend, embarrassé par l'hystérie dont il avait fait preuve. J'ai lu que ce genre de phénomène se produisait sous les tropiques. Une colonne de vent aspire l'eau, puis le sable, la terre et les maisons. Oui, c'était sûrement une trombe marine. Voyez toutes ces algues éparpillées…

– Ce n'était rien de tel, répliqua Will.

Mais ses propres souvenirs s'estompaient déjà, comme des rêves qui s'effilochent. Il ne se rappelait plus la forme exacte de la créature. L'esprit humain était-il conçu pour oublier ce type d'événement ? Ou bien, Bonnefoy avait raison, et il s'était battu contre des bourrasques et des glissements de terrain que son imagination avait transformés en monstre.

C'est alors qu'il contourna une proue piquetée de bernacles et se rendit compte, lentement, que des îlots se dressaient au large, là où il n'y en avait pas d'habitude. Plus proches que ce qu'aucun gardien n'avait jamais mentionné. Parfaitement visibles dans le soleil matinal s'élevaient les Terres Cachées.

Il resta planté là à les regarder, jusqu'à ce qu'un poney approche au petit trot, monté par Œuf.

– Will Noire ! Aish !

Le petit cheval était couvert de sueur. Le garçon l'arrêta et sauta à terre.

– Je te cherche depuis des heures, Aish ! Un vrai

malheur est arrivé. Même toi, tu ne pourras pas réparer ça, je crois.

Il renifla bruyamment, ses joues crasseuses striées de traces blanches de ses larmes.

– C'est Nuit. Elle a disparu !

31

Au royaume des morts

Nuit avait été transportée le long du sentier de la falaise, derrière la vigie, au rythme lent des Hommes-Varech. Celui qui la portait la serrait contre son torse mouillé, tandis qu'elle agrippait son cou. En bas, le ressac était violent, et l'océan si recouvert d'écume que la surface ressemblait à un sol de marbre mouvant.

Lorsque les créatures entrèrent dans les vagues, Nuit hurla. Plus à cause du choc provoqué par le froid que par crainte. Elle eut le temps d'apercevoir un éclat de lune et le manoir, si bancal et triste, privé de sa tour et avec le toit du bureau effondré, puis la mer se referma sur elle, et l'eau salée envahit son nez et sa gorge. Des bulles brillantes s'échappèrent de sa bouche, pareilles à des pièces de monnaie qu'elle aurait jetées derrière elle en faisant ses adieux au monde. Le bruit des courants sous-marins emplit ses oreilles d'un grondement sourd.

Elle se rappela que, il y avait très longtemps, elle avait plongé son visage dans une flaque et était restée ainsi pendant des heures à respirer en contemplant les anémones et les petits poissons. M. Noire l'avait accusée d'avoir trop d'imagination. Peut-être. Il n'empêche, ce souvenir la réconforta. L'eau qui l'entourait à présent avait beau être plus glacée et agitée que celle d'alors, Nuit se rendit compte qu'elle y respirait tout aussi aisément. Inspiration, expiration, inspiration, expiration... Au bout d'un moment, cela lui sembla très naturel.

Ayant cessé de s'inquiéter d'une éventuelle noyade, elle commença à s'intéresser à ce qui était autour d'elle. Les profondeurs marines étaient éclairées par une lueur bleutée qu'elle n'avait pas tout de suite remarquée. Soit c'étaient les rayons de lune qui transperçaient la surface, soit c'était dû à une phosphorescence typique des abysses. Elle sentit que l'Homme-Varech qui la tenait s'était mis à changer. Sans relâcher sa prise, il perdait peu à peu en densité, et son être d'algues étroitement emmêlées se dénouait, s'allégeait, comme pour s'adapter aux profondeurs. Les autres créatures se débarrassaient également de leur grossière apparence humaine, se détricotant en longues guirlandes pareilles à des queues-de-cheval ou à des cheveux nattés. Nuit trouva que ça leur allait mieux. Ainsi, elles étaient plus gracieuses, évoluaient avec élégance pour gagner le fond, loin du tumulte des vagues.

Dans ses rêves, Nuit avait elle aussi nagé ici. Les tas de varech auxquels se fixaient des crevettes et des coquillages lui étaient familiers, de même que les bancs de poissons argentés qui filaient dans la pénombre. Baissant les yeux, elle reconnut les gros rochers auxquels la végétation sous-marine s'accrochait fermement. Elle aperçut un très vieux bateau qui s'était effondré sur lui-même, éparpillant des éclats de bois. Revoyant la gueule du Gorm toute pleine de dents venues de vaisseaux naufragés, elle s'étonna qu'il reste autant d'épaves au fond de la mer. Pourtant, elles étaient innombrables. L'océan glouton en avait avalé par milliers !

Les créatures végétales l'entraînèrent plus bas dans le crépuscule bleu silencieux. Elles traversèrent des processions de poissons qui étaient plus gros que Nuit, toujours plus gros, et des baleines qui dansaient. L'eau était toujours plus froide, plus sombre, plus profonde. La faune allumait de petites lampes :

des mouchetures électriques luisaient sur des écailles, des lanternes pendaient de bouches dentées. Une méduse lumineuse les croisa, pareille à une lampe à huile vivante. À un moment, Nuit entraperçut une forme humaine. Elle se disait qu'elle l'avait imaginée, lorsqu'elle en remarqua d'autres.

C'était donc ici, suspendues dans les courants gelés, que finissaient les malheureuses âmes que la mer avait dérobées. Elle ne comprit pas comment elles avaient réussi à être épargnées par les poissons. Ni pourquoi elles brillaient d'une lueur pâle et blanche. Ce n'étaient peut-être pas des personnes, juste leurs ombres. Pourtant, elles tournaient au passage des Hommes-Varech, comme si elles réagissaient aux remous. Nuit scruta leurs visages.

Il y avait des centaines, des milliers de corps, nation mouvante de noyés. Certains étaient nus, d'autres encore couverts de lambeaux de vêtements qui ondulaient comme des linceuls fantomatiques. Certains portaient des uniformes de la marine, sur lesquels des étoiles de mer et des patelles s'étaient fixées, telles des décorations militaires. D'autres arboraient des tenues désuètes datant d'époques révolues ou les fers des esclaves jetés par-dessus bord lors de la traversée de l'Atlantique. L'un des noyés, engoncé dans une cotte de mailles dont le poids avait dû l'entraîner au plus vite, étincelait comme une sirène. Deux garçons blonds étaient enlacés dans la mort. Le ciré sombre d'un marin flottait autour de lui comme des ailes.

Laissant là cette couche de défunts à la dérive, les serviteurs du Gorm continuèrent de descendre jusqu'à une plaine aussi claire qu'une page inondée de lune, sur laquelle des animaux privés d'yeux et de jambes avaient rampé, laissant comme des gribouillis derrière eux. Nuit fut déposée dessus. Elle eut d'abord peur que le sol se dérobe sous elle et l'engloutisse, mais il supporta son poids. Un modeste nuage de bulles et de nuages clairs se souleva quand elle y mit le pied.

Alentour, tout était obscur. Très loin au-dessus de sa tête, les noyés brillaient comme des constellations. Les Hommes-Varech semblèrent juger qu'ils avaient accompli leur mission, car ils perdirent leurs forces et le peu de forme qu'ils avaient conservée. Leurs prunelles se détachèrent et tombèrent deux à deux sur le sable. Leurs corps se délitèrent en filets d'algues que seul le courant agitait.

Alors, une voix résonna dans les ténèbres :

– Nuit ?

Celle-ci se retourna avec précaution. Soit ses yeux s'habituaient à la pénombre abyssale, soit de la lumière s'était faite, car elle parvint à voir ce qui lui avait d'abord échappé.

À quelques pas d'elle, des contreforts rocheux

émergèrent et grimpèrent vers le ciel jusqu'à ce que leurs sommets disparaissent. Devant l'un d'eux se tenait la dame dont Nuit avait rêvé, tout de blanc vêtue. Elle lui tendait les bras en un geste de bienvenue.

32
Les jardins sous-marins

– Ô Nuit ! Si tu savais le temps que j'ai passé t'observer ! Te voici enfin ! Quelle étrange allure tu as, si petite et tiède, si semblable aux humains et si dissemblable d'eux… Ô Nuit ! Ô fille de l'eau, sois la bienvenue !

La dame ne parlait pas vraiment, et ses lèvres bleues ne bougeaient pas. Pourtant sa voix résonnait dans les oreilles de Nuit, portée par les courants. C'était la même que celle qu'elle avait si souvent entendue murmurée par les vagues qui roulaient sur les côtes des Déferlantes.

Elle s'approcha de la femme et accepta la main tendue. Cette dernière était aussi froide que l'eau des profondeurs, mais le sourire qui l'accompagnait était aussi chaleureux que celle des flaques laissées par la marée en été. Ses longs cheveux flottaient, sombres comme du varech, voilant et dévoilant la pâleur de son visage. Ses yeux avaient toutes les couleurs de l'océan.

Elles entreprirent de grimper l'une des longues pentes rocheuses. Nuit s'aperçut qu'il lui était facile de marcher, car l'eau la portait et la propulsait en avant. Elle se sentait légère comme le duvet d'un chardon.

– J'ai l'impression d'avoir des bottes de sept lieues ! s'esclaffa-t-elle.

Ses mots étaient assourdis, elle imagina leur écho rebondissant dans les tréfonds, identique au chant des baleines.

– Chaque pas me mène dix fois plus loin que sur la terre ferme !

– L'océan vaut mieux que la terre à tout point de vue, acquiesça la dame.

Ses intonations étaient très particulières, à la fois lointaines et omniprésentes. Sans doute assez semblables à ce que les marins entendaient quand ils plaquaient leurs oreilles sur les manches de leurs rames pour écouter les vibrations des cétacés qui chantaient.

Main dans la main, Nuit et la femme traversèrent des jardins de coraux étincelants, où de minuscules poissons rigolos furetaient comme des oiseaux parmi les fleurs. Portés par les courants, des parfums chatouillèrent les narines de la petite fille comme, parfois, les odeurs d'un feu de camp parvenaient jusqu'à la vigie. Mais ces arômes-là avaient des origines bien plus lointaines et dessinaient des images dans la tête de Nuit au fur et à mesure qu'elle les savourait : des côtes glacées d'où se détachaient des icebergs, des îles de sable corallien. La vie grouillait aussi : immenses bancs de poissons argentés nombreux comme les gouttes de pluie, énormes baleines faisant entendre leurs chants, créatures sombres inconnues fouillant la vase et s'y enterrant.

– Tout cela t'appartient, Nuit, dit la dame. C'est ton héritage, ton aire de jeux, ton territoire.

– Mais mes amis ? Ils vont me manquer.

– Tu t'en feras d'autres.

Une pieuvre s'approcha et enroula avec tendresse ses longs tentacules autour du cou de la petite fille, tandis que des hippocampes tournoyaient comme un manège de chevaux de bois. Chatouillée par la première et amusée par les seconds, Nuit oublia un instant ses objections avant de froncer les sourcils et de reprendre :

– Quand reverrai-je M. et Mme Skraeveling ? Lucy Bonnefoy et sa famille ? Œuf ? Aish ? Oncle Will ?

Pour la première fois, la dame en blanc parut contrariée.

– Ces noms ne signifient rien, ici. Les vies terrestres ne sont que des vagues qui se brisent sur le sable et sont aussitôt oubliées. La seule différence, c'est qu'elles n'ont pas la même puissance. Les mortels ne sont pas les amis dont tu as besoin, Nuit. Efface-les de ta mémoire, je t'ai ramenée à la maison.

– Ceci n'est pas ma maison.

Elle détacha les tentacules de son cou et s'écarta. Elle dispersa les hippocampes d'un revers de la main.

– Ma maison, enchaîna-t-elle, c'est la terre. Je vis sur les Déferlantes, dans les Automnales.

– Mais il y a de la terre ici aussi, répondit la femme en retrouvant le sourire. Bien plus belle que celle des Déferlantes. Viens.

Le jardin de corail avait été remplacé par du sable doré qu'éclairaient les longs rayons d'une clarté venue d'en haut. Des oursins s'agglutinaient au pied des promeneuses, comme des hérissons. Une roussette sortit le museau de sa cachette et s'enfuit d'un rapide coup de queue en les voyant. La lumière se fit plus éclatante, traversant un plafond de verre ondulant. Quand Nuit la franchit avec sa tête, elle découvrit qu'elle respirait de l'oxygène, que le soleil brillait, et qu'elle n'était plus portée par les courants. Sans lâcher la main de sa compagne, elle pataugea dans les vagues et aborda sur une plage sablonneuse.

– Tu vois ? dit la dame. Voici ta terre.

Elle sourit. Ses yeux avaient le bleu de la mer par un beau jour d'été et étaient emplis d'amour et de tendresse.

– Elle ne te plaît pas ? enchaîna-t-elle. Qu'est-ce qui t'inquiète ?

Ce qui inquiétait Nuit, c'était que les cheveux de son interlocutrice continuaient de tourbillonner comme ils l'avaient fait sous l'eau.

– Sans vouloir vous vexer, répondit-elle, quel est cet endroit ?

– Mes îles. Je les ai rêvées pour mon usage et, désormais, elles seront à toi.

– D'accord, acquiesça Nuit. Pardonnez mon impertinence, mais qui êtes-vous, madame ?

– Tu ne le sais donc pas ?

Nuit pensait savoir. Elle tenait cependant à ce que la femme le dise. Elle voulait l'entendre de cette voix qui avait hanté tant de ses propres rêves.

– Je suis la puissance des profondeurs de l'ouest. Je suis la Gorm. Je suis ta mère.

33
Elle ne s'est pas noyée

Œuf raconta son histoire sur le trajet du retour vers la vigie. Il menait son poney par la bride, flanqué d'Aish et de Will. La première partie de son récit – l'invasion du manoir et la façon dont Nuit s'était livrée aux Hommes-Varech –, il la tenait de Mme Skraeveling. La triste fin, il en avait été le témoin.

Lorsque les deux adultes étaient partis avec sa lance pour affronter le Gorm, il était monté à la vigie, comme le lui avait ordonné Aish. La grille étant verrouillée, il avait attaché les chevaux à la rambarde et escaladé le mur. Si celui-ci était capable d'arrêter les sorcières des mers, il ne représentait pas un obstacle pour un garçon habitué à crapahuter dans les rochers des Pitreries et à voler leurs œufs aux oiseaux qui nichaient dans les falaises de Stack. De son perchoir, il avait inspecté les jardins et vu la bande de créatures marines qui emportaient Nuit.

– J'ai sauté à terre. Au passage, je crois que j'ai écrasé quelques fleurs. Désolé. Je les ai suivis de l'autre côté de la maison, dans la prairie, mais ils étaient plus rapides que moi. Quand je suis arrivé au bord de la falaise, ils étaient déjà en bas, dans la baie de l'Homme-Blême.

– Et Nuit ? demanda Will.

Œuf renifla un bon coup. Il ne voulait pas pleurer en public, sauf qu'il n'avait pas arrêté de le faire depuis les événements. Ce qui s'était passé lui semblait si injuste, après tous les efforts qu'Aish et lui-même avaient déployés pour que ça se termine bien. Cela réveillait ce qu'il avait éprouvé la fois où une vache l'avait frappé en plein dans les coucougnettes : stupeur et incrédulité d'abord, puis une envie irrépressible de fondre en larmes, par couardise. Il s'essuya le visage d'une main sale et poursuivit :

– Ils l'ont prise, hein ? Ils sont entrés dans l'eau avec Nuit et ils l'ont noyée. Noyée !

– Ce n'est donc pas notre lance qui a eu raison de la Gorm, en déduisit Will après un moment de silence.

Malgré son chagrin, il était vaguement soulagé. Il ne s'était jamais cru capable de l'emporter sur un géant.

– La Gorm avait simplement fini son boulot, enchaîna-t-il. Elle a été plus rusée que nous. Pendant qu'elle détournait notre attention par sa colère, elle a envoyé ses Hommes-Varech enlever Nuit en douce. Dès qu'ils ont réussi, elle n'avait plus besoin de continuer à tout détruire sur son passage. Ce qu'elle voulait, c'était Nuit.

– J'aurais dû mieux veiller sur elle, marmonna Aish en séchant ses yeux.

Elle avait ôté ses bois de cerf comme si la coiffe était trop triomphante pour ce triste matin.

– J'aurais dû deviner que la Gorm la ciblait. Depuis le début. J'ai su dès notre première rencontre que Nuit appartenait en partie à la mer. J'ai cru que le talisman que je lui avais donné l'ancrerait à la terre, mais ma magie n'a pas été assez puissante…

Arrivés à la grille, ils la franchirent. Debout sur le perron, Mme Skraeveling gémissait :

– Jeune maître ! Oh, jeune maître !

Ce dernier s'arrêta dans l'allée afin de ramasser un objet enfoui dans la mousse qui séparait les dalles. C'était le pendentif vert. Il le tendit à Aish.

– La ficelle n'est pas cassée, dit-il. Il semblerait qu'elle ait enlevé la pierre volontairement.

– Oh, jeune maître, gémit la domestique, vous avez eu vent de l'affreuse nouvelle ?

– Œuf nous a tout expliqué. M. Skraeveling et vous allez bien ?

– Ces monstres ne m'ont pas attaquée, mais Jan a pris un sacré coup sur la caboche quand ils l'ont jeté contre le mur, et je crois qu'il s'est cassé le bras. Je l'ai envoyé au lit en attendant qu'on puisse aller chercher le médecin à Bon-Port. Mais, jeune maître, ils nous ont enlevé Nuit ! Notre chaton ! Comment peut-on être aussi méchant ? Elle est sortie pour les affronter et nous épargner, mon mari et moi. Quel courage ! Et eux, ils l'ont emmenée et noyée !

– Elle ne s'est pas noyée, répliqua Will.

Il était si sûr de lui que les autres le dévisagèrent en se demandant s'il n'était pas devenu fou.

– Pourtant je les ai vus, monsieur Noire, objecta Œuf avec douceur. J'aurais préféré que non, sauf que si. Ils sont entrés dans l'océan avec elle et s'y sont enfoncés. Je suis resté sur la plage pendant des heures, mais ils ne sont pas réapparus.

– Venez donc à l'intérieur, maître Will, renchérit Mme Skraeveling en lui tapotant le bras. Vous boirez un petit remontant. Et puis, cette bosse sur votre crâne…

– Je ne suis pas en train de perdre la tête, la rabroua-t-il. Je suis même parfaitement rationnel pour la première fois depuis que j'ai remis les pieds sur notre île. Aish a raison. Nuit a en elle quelque chose de la mer. Elle y est née. Saviez-vous qu'elle est sortie d'une bourse de sirène ? Un cadeau de la Gorm à mon frère. Maintenant, le monstre l'a récupérée, et il est peu probable que ce soit pour la noyer. Non, Nuit va très bien s'en sortir sous l'eau. « Pas besoin de scaphandre pour ceux qui vivent dans l'enchantement du Gorm. L'eau leur est comme l'air. »

– Si elle ne s'est pas noyée, où est-elle, alors ? demanda Œuf.

– À ton avis ?

Will éclata de rire face à une question aussi naïve. Du doigt, il désigna les Terres Cachées, aussi bien dessinées et visibles que si elles avaient toujours été là.

– La Gorm réside dans ces îles, n'est-ce pas ? reprit-il. Qui sont à l'origine des phénomènes étranges se produisant autour des Déferlantes. C'est là-bas que je retrouverai Nuit.

– Vous ne pensez tout de même pas vous y rendre ! protesta Aish.

Pour la première fois depuis leur rencontre, Will constata qu'elle avait peur.

– Vous n'avez pas de bateau, souligna Œuf.

– Thurza Froy en a un. Et puisqu'elle a sans doute été écrasée dans l'éboulement des rochers du cap de

Saint-Phocas, elle n'en a plus besoin. Il me faudra des provisions pour la traversée. Et M. Skraeveling acceptera peut-être de me prêter son tromblon.

Le jeune homme, qui avait grimpé jusqu'à la vigie dans un état d'immense lassitude parce qu'il croyait Nuit perdue, était à présent tout plein de la vitalité que donne l'espoir. Il n'avait plus l'impression d'être un homme qui s'était longtemps battu contre un géant d'algues, mais un explorateur sur le point de partir pour une grande aventure. Nuit était sur les îlots, il en était sûr. Il se précipita dans la maison, suivi par le garçon et les femmes, allant de pièce en pièce pour rassembler ce qui lui serait nécessaire.

– Savez-vous seulement naviguer, maître Will ?

– Je suis déjà monté à bord d'un bateau avec mon ami Constantine, sur un lac, en Cumbria. Certes, je ne l'ai pas manœuvré en personne, mais je me souviens comment on barre, sur quelles ficelles tirer, etc.

– Vous ne pouvez pas y aller seul, Will Noire, décréta Aish.

Il était cependant conscient qu'il n'avait pas le droit de demander d'aide à quiconque. L'expédition était périlleuse et avait toutes les chances de se terminer par une noyade en bonne et due forme. Ça ne l'effrayait pas, parce que mourir en essayant de sauver Nuit était une meilleure perspective que vivre en sachant qu'il n'avait pas été à la hauteur. Pour autant, il ne permettrait pas que d'autres se mettent en danger. Il avait déjà causé assez de dégâts avec son feu. Et puis, qui pouvait prétendre vaincre le Gorm ? Seule Aish en était capable et, rien qu'à voir sa tête, il avait deviné qu'elle avait trop peur de la mer pour proposer ses services.

– Il est de mon devoir d'y aller, lui dit-il avec douceur. Moi, et nul autre. En revanche, je vous serais reconnaissant de bien vouloir m'accompagner jusqu'aux Éboulis pour me donner un coup de main quand j'embarquerai sur le canot de la sorcière.

– D'accord, acquiesça-t-elle de mauvaise grâce. Mais n'oubliez pas que vous risquez votre peau. Si quiconque était en sécurité sur un bateau, ça se saurait.

34
LE GRAND DÉPART

Au bout du compte, ce fut toute une procession qui, ce matin-là, se rendit aux Éboulis. Œuf et Mme Skraeveling refusèrent de rester à la vigie et, lorsqu'il apprit que Will désobéissait à sa femme, M. Skraeveling décida qu'il pouvait en faire autant et se sortit du lit pour se joindre aux autres, le bras en écharpe et un turban de bandages autour du crâne.

Alors qu'ils passaient devant les ruines du presbytère, Mme Bonnefoy et les enfants accoururent avec les dernières nouvelles de Marazea.

– Personne n'a été tué ni sérieusement blessé, même si plusieurs maisons ont été démolies. Des vaches se sont sauvées, et des moutons sont morts, mais avec eux on a l'habitude. Le révérend est parti aider comme il pouvait, pendant que nous autres essayons de...

Mme Bonnefoy s'interrompit en désignant le tas de gravats qui avait été son foyer.

– Nous le reconstruirons, promit Will. Les autres habitations aussi, plus grandes et plus solides qu'avant. En attendant, venez vous installer à la vigie. Nous avons toute la place qu'il faut, et Nuit sera ravie d'avoir des amis de son âge quand je la ramènerai.

– Pardon ? lança la femme du révérend en sursautant.

Lorsqu'on lui eut expliqué le projet de Will, elle secoua la tête d'un air dubitatif. Il n'empêche, elle et ses enfants décidèrent de participer à l'expédition et suivirent le gardien, comme s'il était déjà mort et qu'ils formaient un cortège funéraire.

Sur le chemin, ils furent hélés par de jeunes audacieux venus de Stack afin de voir l'étendue des dégâts. Will ne tenait guère à s'arrêter pour qu'ils lui montrent ce qu'ils avaient trouvé, mais leurs cris étaient si pressants qu'il se détourna de son chemin et descendit sur la plage. La petite équipe se rassembla autour de deux cadavres.

– La marée les a amenés ici, gardien.

– Au même endroit que votre frère, Dieu ait son âme.

Thurza Froy ressemblait à une poupée de cire

mouillée, enveloppée dans un linceul d'algues et à moitié ensevelie dans le sable. Près d'elle, une silhouette si perturbante qu'elle arracha un cri à Mme Bonnefoy, et que Lucy déclara qu'elle en ferait des cauchemars jusqu'à la fin de ses jours.

– On a d'abord cru à un gros poisson mort, dit l'un des hommes. Et vous, monsieur Noire, vous avez une idée de ce que c'est ?

Oui. Will avait vu des photos de scaphandres, même s'ils étaient plus élaborés que celui-ci, dont les yeux de verre fixaient le ciel avec la froideur de prunelles de requin. De l'eau suintait par ses coutures.

– Il s'agit de Davey Froy, expliqua-t-il. Dans la tenue de plongée que lui avait fabriquée Thurza.

– Impossible, monsieur. Ça fait plus de quarante ans qu'il a disparu en mer.

– Thurza était persuadée qu'il l'attendait dans les Terres Cachées.

Se penchant, Will chercha les attaches rouillées du casque. Il ignorait ce qu'il devait s'attendre à découvrir : le squelette de Davey Froy ou le bonhomme aussi jeune et beau qu'il l'avait été quand il s'était noyé. Ce ne fut cependant qu'un torrent d'eau salée qui se déversa du scaphandre, lequel s'affaissa sur lui-même comme un ballon qui se dégonfle. La combinaison n'avait contenu que l'océan.

Si les amis du jeune homme avaient espéré que le cadavre de Thurza Froy le détournerait de sa mission, ils en furent pour leurs frais. Il repartit en vitesse en grommelant qu'il lui fallait appareiller avant que la marée ne change.

S'ils avaient espéré que le Gorm aurait écrabouillé le bateau de Thurza ou que la tempête l'avait brisé, ils en furent également pour leurs frais quand ils parvinrent aux Éboulis. Certes, la masure de la sorcière avait été détruite par une coulée de boue, mais son canot était intact, dissimulé sous une bâche.

Les gars de Stack s'étaient joints au cortège. Ils retournèrent l'embarcation et la firent rouler sur la plage, à l'aide de rondins que Thurza avait accumulés à cet effet. Ils installèrent le mât et le gouvernail, hissèrent la voile et donnèrent une brève leçon à Will sur la manière de la hisser et de la descendre. Une fois le bateau à l'eau, Œuf vint les aider à le stabiliser et même Mme Bonnefoy se débarrassa de ses souliers et de ses bas, souleva ses jupes et s'en vint patauger jusqu'aux genoux.

Aish, en revanche, bien qu'elle soit déjà pieds nus, ne put se résoudre à mettre les orteils dans l'eau, ni même sur les galets humides. L'air malheureux, elle resta cantonnée en haut de la plage. Quand Will s'approcha pour lui faire de maladroits adieux, elle suspendit à son cou la pierre verte qu'il lui avait rendue.

– Je suis heureuse de vous avoir trouvé sur la plage, Will Noire. Vous êtes ce que la mer nous a donné de mieux.

– Non, répondit-il. Nuit est ce qu'elle nous a donné de mieux.

Après avoir dit au revoir aux autres, il tapota les grandes poches de son manteau afin de vérifier qu'il avait toujours la pétoire de M. Skraeveling, un sac en toile contenant de la poudre et la bourre pour recharger l'arme. Mme Skraeveling lui remit les sandwichs qu'elle avait préparés, et il monta à bord. Les gars de Stack poussèrent le canot, et Will agrippa la barre tandis que l'embarcation glissait entre les écueils sombres. Il s'efforça d'oublier sa dernière traversée, qui s'était si mal terminée.

Sur les galets, Mme Bonnefoy entraîna ses enfants dans une prière. Œuf évita de se joindre à eux. À quoi bon prier ? Il savait que le Dieu des Bonnefoy n'avait aucune autorité sur les profondeurs, malgré ce qu'ils ne cessaient de proclamer auprès de ceux qui s'embarquaient pour de lointains voyages.

– On n'aurait pas dû le laisser seul, reprocha-t-il à Aish. Tu l'as sauvé des eaux et tu le laisses reprendre la mer comme ça ? Et Nuit ? Pour moi, il n'arrivera pas à la récupérer sans aide. Ce n'est pas bien de le lâcher comme ça. Il n'a pas plus de cervelle qu'un bébé.

Sur le point de se remettre à pleurer, il tentait de cacher sa détresse en se fâchant. Il s'attendait à ce que la femme-troll change d'avis, rappelle le voilier et monte à bord, mais elle s'en abstint, se bornant à regarder l'aventurier s'éloigner tout en versant des larmes de compassion ou, peut-être, de honte.

– Eh bien, s'indigna Œuf, il faut bien que quelqu'un s'y colle.

Il inspecta ses compagnons, se rendit compte que le quelqu'un en question ne pouvait qu'être lui et répéta sa phrase pour tenter de se convaincre :

– Il faut bien que quelqu'un s'y colle.

La distance entre la rive et le bateau augmentait. Avant qu'elle ne devienne trop importante ou que sa peur de l'océan ne l'emporte, le garçon courut se jeter dans les vagues.

– Œuf ! hurla Aish. Œuf ! Reviens, Œuf !

Les autres reprirent en chœur ses appels, mais il les ignora. Il avança jusqu'à ce qu'il perde pied, puis se mit à nager. Il l'avait déjà fait dans les lacs des Pitreries. La différence, c'est que la mer était beaucoup plus violente que les lacs. Elle ne cessait de le soulever et de le renvoyer vers le littoral. Aish se penchait vers lui autant qu'elle osait le faire. Mme Bonnefoy pataugeait dans l'eau. Œuf se battit contre la houle, à coups de tête, de pied et de bras, crachant quand il buvait la tasse. Il commençait à se dire qu'il avait commis une erreur quand, soudain, la coque se dressa devant lui. Will l'attrapa par les cheveux et les mains et le hissa à bord.

– Pauvre fou ! À quoi joues-tu ?

À genoux, Œuf reprit son souffle, cependant que Will tentait de regagner la côte. Mais les vents du large avaient trouvé le canot et, quand il orienta la barre, la voile claqua avec force, et la bôme virevolta, manquant de renvoyer le garçon par-dessus bord. De la plage, les badauds hurlaient au jeune homme des conseils qu'il ne pouvait entendre et qu'il n'aurait de toute façon pas compris.

– Vous n'arriverez pas à me ramener là-bas, lui dit Œuf. Pas contre le vent et avec tous ces dangereux rochers. À moins que vous vouliez vous échouer avant même d'être parti.

Il n'avait pas tort. Will laissa la proue se tourner vers les Terres Cachées, le vent s'installa confortablement dans la voile, et l'eau se mit à clapoter contre la quille, tandis que l'embarcation quittait l'ombre des falaises pour le soleil du large.

– Tu vas devoir m'accompagner, alors, dit le jeune homme sur un ton qu'il espérait léger. Maintenant que nous sommes deux, ça va ressembler à une véritable expédition. Comme celle du capitaine Cook, quand il a mis le cap sur les antipodes…

Malheureusement, Œuf n'avait jamais entendu

parler du capitaine Cook et commençait à regretter son audace. Plissant les paupières pour se protéger de la luminosité, il contempla le rivage. Sur la plage, Aish courait en agitant les bras et, sans doute, en l'appelant. Il était déjà trop loin pour percevoir sa voix. D'ailleurs, peu après, il ne réussit plus à distinguer que la tache rousse de sa robe et les silhouettes moins claires de Mme Bonnefoy et des autres femmes qui accouraient vers son amie afin de la réconforter, alors qu'elle tombait à genoux sur les galets.

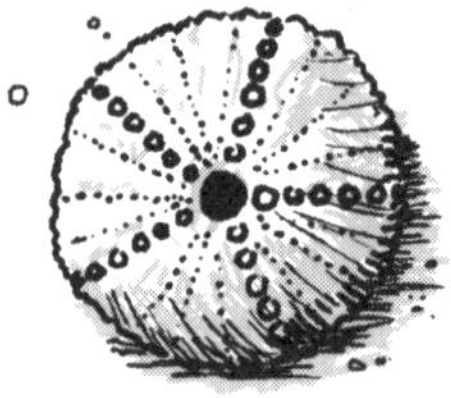

35
La tour de l'Ouest

Accompagnée de la dame, Nuit avança sur la grève. Au-delà de la plage dorée s'élevaient des falaises aux allures de pays de conte de fées : grottes creusées par la mer, flaques laissées par la marée, petites cascades et cavernes sombres et humides. S'agenouillant, la dame cueillit quelques pâquerettes roses qui poussaient dans l'herbe en haut de la plage. Elle les natta en un joli bracelet et dit :

– Je t'en ai fabriqué un semblable quand tu étais bébé, Nuit. Tu l'as toujours ?

La fillette secoua la tête. Le Gorm soupira. Ses yeux, jusqu'à maintenant si bleus, avaient pris une teinte plutôt turquoise, couleur de la mélancolie apaisée de l'océan au coucher du soleil.

– Je l'ai déposé sur le sable en espérant que ton père te le donnerait pour que tu n'oublies pas tes origines.

Toute sa vie, Nuit avait rêvé d'avoir une mère et envié les enfants plus chanceux qui en avaient une, comme les Bonnefoy. Elle s'était imaginé que si, par miracle, elle rencontrait la sienne, elle la reconnaîtrait tout de suite et l'aimerait sans retenue. À présent que le miracle avait eu lieu, elle était perdue. Elle n'avait pas songé que sa mère serait aussi étrange et puissante, si encline également à changer d'apparence, à se transformer en Hommes-Varech effrayants ou en monstres gigantesques. Il lui paraissait curieux que la belle dame au sourire affectueux soit par ailleurs la créature immense, enragée et hurlante qu'elle avait vue la veille. En songeant à sa mère, elle s'était représenté quelqu'un qui jouerait avec elle, lui apprendrait les bonnes manières et l'élégance, la veillerait quand elle serait malade. Il était difficile de penser à la Gorm en ces termes.

D'un autre côté, elle se sentait sacrément importante d'être sa fille. Elle se comprenait mieux. Elle savait désormais que ça expliquait qu'elle ait entendu la mer lui parler et qu'elle n'en ait jamais eu peur.

Elle tendit la main pour que la dame noue le bracelet autour de son poignet.

Soudain, elle se rendit compte que les falaises qui

la surplombaient n'en étaient pas. C'était un palais qui se dressait sur la côte. Sombre et taché par l'eau à sa base, raison pour laquelle Nuit avait d'abord cru à des rochers, il déployait ensuite des tourelles blanches, des contreforts arqués, des toits en or et en argent. Des fenêtres scintillaient au soleil et, plus bas, une porte étroite en forme de trou de serrure permettait d'y accéder.

Lâchant Nuit, la dame l'invita à la suivre à l'intérieur. Un escalier en colimaçon montait aux étages, et les pieds de Nuit résonnèrent sur ses marches en pierre, alors que, devant elle, ceux de sa compagne n'émettaient aucun bruit, même si les pans de sa robe murmuraient lorsqu'ils effleuraient les murs.

L'ascension rappela quelque chose à la petite fille, mais ça ne lui revint en mémoire que quand elle déboucha au sommet des marches dans une lueur marine trouble qui inondait six grandes baies. Bien que ses parois soient d'une pâleur d'ossements et ses fenêtres dépourvues de vitres, la pièce était un écho ou un reflet de la tour de la vigie. Lorsqu'elle regarda vers l'est, Nuit distingua au loin une île bleue surmontée de trois montagnes ainsi qu'une étoile étincelante qui scintillait sur le littoral – elle devina qu'il s'agissait du soleil de l'après-midi, dont les rayons rebondissaient sur les croisées de sa propre maison.

Là où aurait dû se trouver le bureau du gardien, il y avait une table en pierre sur laquelle était ouvert un registre. Ses pages étaient couvertes de lignes rédigées à l'encre grise. Nuit tenta de les déchiffrer, en vain d'abord, comme si elle n'avait pas affaire à une écriture réelle, mais à des espèces de dessins tels ceux que font parfois les vers marins sur l'écorce du bois flotté. Leur auteur avait dû peu à peu apprendre à former ses lettres, car Nuit réussit à en discerner certaines...

f f f f o n d

... qui se muèrent en mots...

au fond dans le froid dans le froid bleu et sombre dans le bruit de l'eau le courant dans l'obscurité dans l'obscurité profonde je regarde je regarde j'ai faim profond j'attends j'attends au fond

... des mots qui finirent par faire sens.

je regarde je regarde je le regarde qui marche sur la plage je le regarde qui me regarde et écrit ses pauvres pensées dans son grand livre qui était à d'autres avant lui mais c'est lui qui m'intéresse comment il vit en sachant qu'il est mortel et mourra comment tous vivent sur la terre ferme sachant que toute terre est mortelle et ma mer les dévorera à la fin comment il n'est pas désespéré ?

j'ai pris une forme qui ne lui fera pas peur et je suis sortie de l'eau pour lui parler. Il s'appelle andrewnoire et n'a pas su répondre à mes questions mais je l'aime pauvre âme terrestre mortelle parce que j'ai pitié de lui parce qu'il est fragile et qu'il ne connaîtra jamais les beautés des profondeurs.

Nuit jeta un coup d'œil par-dessus son épaule. La dame se tenait derrière elle et l'observait. Comme il était étrange que la Gorm ait tenu son propre journal de bord ! Comment avait-elle appris à écrire ? La petite fille se rappela alors les algues aux allures de message éparpillées dans la baie de l'Homme-Blême. Rien n'était sans doute impossible à la Gorm dès lors qu'elle décidait d'utiliser les ressources de son vaste cerveau marin. Tenir ce journal avait peut-être été pour elle un moyen de comprendre M. Noire. En tout cas, elle n'était pas très douée. Son style et sa ponctuation laissaient à désirer, pour le moins. Par ailleurs, elle n'avait daté aucun de ses commentaires, comme si le temps qui les séparait n'avait pas existé.

Je ne m'attendais pas à la venue d'un enfant. L'idée d'andrewnoire s'est plantée dans mon esprit comme une graine, a pris racine et a poussé en un bébé. Je me suis transformée en grand requin et je l'ai conçu dans un œuf et ensuite je suis devenue une vague et je l'ai porté sur les déferlantes pour qu'andrewnoire le trouve sur la grève et voie que c'était un bébé de son espèce pas de la mienne et comme ça il saura quoi en faire et voilà.

Il lui a donné pour nom NUIT. *Je ne sais pas pourquoi.*

Je ne peux m'empêcher de l'épier. Nuit. Elle est petite et bizarre et moche mais elle est à moi. Elle grandit et plus elle grandit plus elle me manque et je suis apparue sur la plage quand andrewnoire s'y promenait avec elle mais il l'a éloignée quand il m'a vue.

Maintenant il s'assure qu'elle ne s'approche pas de la mer là où je ne peux pas marcher sous une forme qui n'effraierait pas Nuit alors je tricote des corps avec des algues et me rends sur terre dedans pour la regarder en secret à travers leurs yeux si douce elle si fragile si aimée si Nuit.

Parfois je passe tellement de temps à l'observer que mon corps d'algues sèche et que je ne peux pas rester plus et m'en vais en laissant derrière moi des guirlandes de varech si loin de la mer que c'est une énigme qui intrigue les mortels.

Il est intolérable que mon enfant vive sur la terre alors que je veux la récupérer.

J'ai parlé à andrewnoire sur la plage. Ça fait des années que je l'ai vu il a vieilli ils vieillissent si vite. Comme Nuit vieillira si elle reste avec lui.

Rends-la-moi j'ai dit mais il m'a défiée – moi qui étais déjà vieille quand le premier poisson a nagé ! Laisse-la rester ici il a dit je l'aime aussi il a dit prends-moi à la place il a dit.

Le fou est mort. Il s'est jeté dans les vagues comme s'il croyait que je voulais un corps de noyé comme si je n'en avais pas déjà assez je ne voulais pas de ce cadavre alors je l'ai autorisé à s'échouer mais par pitié pour lui je laisserai Nuit rester à terre.

Je continue de l'espionner.

Je continue de l'espionner. Je l'appelle pour qu'elle sache qu'elle me manque et des fois elle se réveille presque et entend presque. Elle me surveille maintenant comme lui autrefois. Elle a parlé à la vieille sorcière des mers et avec une des habitantes des bois.

Il est temps qu'elle sache quelle est sa vraie nature. Bientôt, je la récupérerai et elle quittera la terre et apprendra à aimer l'océan.

La rédaction s'interrompait ici, les derniers mots étaient à peine visibles. C'était dommage, quand la Gorm semblait enfin avoir amélioré son usage de la ponctuation. Ainsi, songea Nuit, elle avait un père et une mère. Il était regrettable que M. Noire ne lui ait pas avoué la vérité en personne. Elle aurait aimé lui dire pas mal de choses, mais elle n'en aurait plus jamais l'occasion.

Elle se pencha à nouveau sur le journal et constata que de nouveaux mots y apparaissaient, lentement, comme sortis de nulle part. Comme si des vers étaient vraiment en train d'écrire, des vers invisibles auxquels on arrachait de force les lettres grisâtres.

Ils m'ont appelée avec du feu sur la falaise. La sorcière des mers a plaqué son couteau sur le cou de Nuit. Ça m'a mise dans une telle rage je n'ai pas été aussi en colère depuis mille ans je

Nuit attendit que la Gorm poursuive son récit des événements de la veille et de son propre voyage jusqu'aux Terres Cachées, mais l'écriture s'était encore une fois arrêtée. La petite fille se retourna, la dame ne la regardait plus. Ses yeux avaient pris une teinte grise menaçante et fixaient la mer.

Nuit l'imita afin de comprendre ce qui l'avait mise en colère. Au-delà des écueils, elle découvrit une voile tout inondée de soleil, pareille à une petite flamme dorée qui dansait sur l'eau. Les prunelles de la dame s'assombrirent un peu plus, et le bruit des vagues forcit.

– Qui est-ce ? s'enquit la fillette. Vous croyez que c'est oncle Will ?

Elle se rappela qu'il était parti à sa recherche quand elle avait rendu visite à Aish et se surprit à éprouver la même chose qu'alors : un mélange de honte à cause du danger auquel elle l'exposait et de contentement qu'il soit prêt à courir de tels risques. Puis elle prit peur, parce qu'on n'était pas dans les Pitreries, que cette dame n'était pas Aish et n'accueillerait pas son oncle avec bonhomie. Il était plus probable qu'elle cède de nouveau à la rage, et qu'une grande vague fasse chavirer la fragile embarcation.

– Je vous en prie, laissez-le accoster sans ennuis !

La dame parut s'amuser de cette requête, ce qui ne dissimula pas pour autant sa sévérité et sa froideur.

– Oublie-le, rétorqua-t-elle. Les mortels parmi lesquels tu as été élevée ne te sont plus rien maintenant.

Nuit s'étonna. Quelle drôle d'exigence ! Impossible d'obéir.

– Je ne peux pas oublier oncle Will. Ça serait comme oublier M. et Mme Skraeveling, Lucy et Horatio, Mme Bonnefoy et le révérend, Aish et Œuf…

– Oublie-les ! tonna sa mère.

Sa voix résonna comme la septième vague qui, ainsi que le savent les vieux loups de mer, est plus haute et puissante que les six précédentes. Le bruit engloutit la tête de Nuit et, lorsqu'il se retira dans un soupir, il emporta avec lui le château de sable des souvenirs de l'enfant. Seules subsistèrent quelques reliques, des visages sur lesquels elle pouvait presque mettre un nom, des gens qui ressemblaient désormais à des êtres oniriques.

Elle regarda par la fenêtre, mais le voilier n'était plus en vue, et elle ne savait plus comment s'appelait l'île dont elle apercevait au loin le relief. Elle baissa les yeux sur le journal de bord, douta soudain qu'il en ait été un : ce n'était plus qu'une vieille souche de bois flotté sur laquelle les vers marins avaient laissé des traces semblables à des lignes d'écriture.

36
LES EXPLORATEURS

Will était secrètement soulagé qu'Œuf ait décidé de se joindre à lui. Il était pratique d'avoir une seconde paire d'yeux à bord pour repérer les rochers et autres périls, pendant que les siens scrutaient l'horizon. Sa famille avait consacré tellement de temps à la surveillance de ces îlots improbables, et maintenant qu'il était le premier à les voir clairement, il ne réussissait pas à en détacher son regard, de crainte qu'ils disparaissent de nouveau en emportant Nuit avec eux.

Pourtant, un bon moment, les Terres Cachées parurent ne pas se rapprocher, à croire qu'elles se déplaçaient vers l'ouest au même rythme que le bateau. Cependant, peu à peu, il devint possible d'en distinguer les détails qui avaient jusqu'alors échappé aux gardiens. Il était évident qu'il s'agissait de trois îles séparées par de minces détroits, chacune dotée de sa propre montagne. La première était également la plus imposante. Bientôt, Will distingua les vagues qui se brisaient sur ses plages et les cascades blanches qui dévalaient ses falaises.

– Une terre entièrement nouvelle, commenta-t-il. J'imagine qu'il va falloir la baptiser. Qu'en penses-tu, Œuf ? L'île Noire ? L'île de Nuit ? Et le havre d'Œuf pour l'endroit où nous accosterons ?

– Le pays de la Gorm, répliqua le garçon.

Qui le regretta aussitôt, parce que ça lui évoqua les profondeurs marines qui tourbillonnaient sous la coque et les horreurs qu'elles étaient susceptibles d'abriter. Comme pour prouver que ses peurs n'étaient pas infondées, un dragon de mer émergea soudain à moins de dix mètres. L'animal jeta un coup d'œil désapprobateur à l'embarcation et cracha un geyser d'écume qui, poussé par le vent, en éclaboussa la voile, ainsi que le visage d'Œuf. Effrayé, Will s'empara de la pétoire de M. Skraeveling, l'arma et tira.

– Non ! hurla son compagnon. Aish dit qu'ils sont inoffensifs. Sauf pour les poissons.

Le jeune homme s'en voulait déjà de sa précipitation. Le vieux tromblon ne visait pas très juste, et le roulis du bateau avait dévié la trajectoire du projectile. Et puis, Will s'était mis plus en danger que sa cible, car des morceaux de bourre brûlante voletèrent jusqu'au voilier. Les deux passagers manquèrent de chavirer en piétinant les braises avant qu'elles n'embrasent le canot.

Quant à l'animal, il n'avait pas du tout l'air intéressé par les voyageurs. Will constata qu'il était entouré de congénères dont les corps et les cous de cygne jouaient au milieu des vagues. Une demi-douzaine d'entre eux s'étaient complètement hissés hors de l'eau et prenaient un bain de soleil sur un rocher incliné. Peu après, celui qui avait craché de l'eau replongea. Penché par-dessus le plat-bord, Œuf le vit glisser sous la quille avec agilité et s'éloigner rapidement vers le nord.

– Quelle bête extraordinaire ! marmonna Will en reposant son arme et en reprenant le gouvernail pour éviter les dragons qui paressaient sur leur rocher. L'un de mes ancêtres soutenait que les Terres Cachées recelaient des créatures surnaturelles. D'après lui, à l'origine de tous nos contes sur les serpents de mer…

Ils n'eurent pas le temps d'en débattre davantage, car un rocher érafla la coque et, tout à coup, le voilier se retrouva encerclé par plusieurs d'entre eux. S'ensuivit une certaine confusion, Will aboyant des ordres, la voile s'affalant quand Œuf la fit descendre avec des gestes maladroits. Puis ils débouchèrent sur des vagues plus calmes qui les portèrent jusqu'à une plage, au pied de hautes falaises sombres.

Will sauta dans l'eau peu profonde. Il continuait de s'attendre à découvrir que les îles étaient une illusion, mais ses pieds rencontrèrent du sable aussi solide et réel que celui des côtes des Déferlantes. Il avait espéré que, les ayant repérés, Nuit accourrait pour les accueillir. Malheureusement, les lieux étaient déserts. D'un côté, une cascade éclaboussait les rochers et se frayait un passage jusqu'à l'océan ; de l'autre, les falaises s'élevaient en un méli-mélo d'arches, de piliers et de dômes si vastes et fantastiques qu'il fallut quelques minutes aux deux explorateurs pour s'apercevoir qu'il s'agissait en réalité de bâtiments.

– Comment avons-nous pu ne pas les voir en approchant ? s'étonna Œuf.

– Le dragon nous aura distraits. Et puis, nous avions la lumière en pleine face. Ce sont là les palais de la Gorm, tels qu'en a parlé Thurza Froy. Sinon que, aujourd'hui, ils sont au-dessus des eaux, pas en dessous.

Pourtant, observées de plus près, les constructions avaient quelque chose de sous-marin, notamment dans la façon dont le soleil rebondissait et dansait dessus, et à cause des volées de petits oiseaux qui s'agitaient sans pépier sur les toits d'écailles. Will songea que, si on les contemplait trop longtemps, on risquait d'en arriver à la conclusion qu'elles étaient vraiment bâties sous la mer.

Ils tirèrent leur canot jusqu'en haut de la plage. Mains en coupe autour de la bouche, ils crièrent le nom de Nuit, et les échos leur revinrent des falaises. Will rechargea le tromblon de M. Skraeveling et se dirigea vers les palais. Œuf lui emboîta le pas sans entrain. Le jeune homme se retourna et lut la peur sur le visage du garçon avant qu'il ait eu le temps de la cacher sous ce qu'il pensait être une moue de dur à cuire.

– Il vaudrait peut-être mieux que tu restes ici à surveiller le voilier, suggéra gentiment Will.

– Pas question ! Je vous accompagne, gardien !

– Et j'en suis heureux.

C'était vrai. Il aurait détesté se retrouver seul dans cet endroit inquiétant. Même s'il était réticent à exposer le gamin au danger. Il hésita un instant sur la marche à suivre, puis se souvint de la pierre percée suspendue à son cou. La retirant, il la tendit à Œuf.

– C'est Aish qui me l'a donnée, dit-il. Je suis sûr qu'elle préférerait que tu l'aies.

– Je ne sais pas si sa magie fonctionne ici. C'est pour ça qu'elle n'est pas venue elle-même, je crois.

Néanmoins, il s'empara du talisman et le passa à son propre cou. Le poids du caillou des Déferlantes contre son torse le réconforta et, derrière Will, il entra dans la demeure du Gorm.

37
Les statues

La mère de Nuit, comme tant d'adultes, donnait l'impression de ne pas trop savoir comment s'adresser aux enfants. Elle resta d'ailleurs silencieuse pendant l'essentiel de la visite de son palais. Elle s'arrêtait parfois près d'un coffre ou d'une alcôve pour en tirer un nouveau cadeau qu'elle offrait à sa fille : une longue robe de soie verte, trois bagues ornées de pierres précieuses. Jamais Nuit n'avait porté une aussi jolie tenue, et les bijoux pesaient si plaisamment à ses doigts qu'elle fut certaine qu'ils valaient une fortune. Le petit bracelet de pâquerettes roses avait cependant sa faveur : certes, il valait moins cher, mais il était le plus précieux à ses yeux.

Des voix lointaines la hélèrent comme l'avaient fait

les vagues sur une autre île, il y avait si longtemps de cela. Les appels ne venaient pas de la mer, toutefois, et ils firent pâlir les prunelles de la dame, qui prirent la teinte de l'océan juste avant une tempête.

– Nuit ! Nuit !

La petite fille se demanda à qui ces voix appartenaient et ce qu'on lui voulait.

Écrasés par les immenses piliers et portes, intimidés par le silence des colonnades désertes, Will et Œuf avançaient dans la résidence du Gorm comme des voyageurs dans les ruines des pharaons. La différence était que, régulièrement, ils s'arrêtaient pour crier le nom de Nuit.

Ils ne reçurent aucune réponse, à part l'écho de leurs propres voix. Ils empruntèrent la longue courbe d'un escalier de marbre, traversèrent une arche béante comme la gueule de la baleine de Jonas. Elle donnait sur un hall si vaste qu'il évoqua à Will la rotonde des jardins du Ranelagh, et à Œuf une grande clairière au milieu des bois. Le sol était dallé d'or scintillant. Le toit, très haut, était un dôme de verre à travers lequel dansait le soleil du soir. La salle était si vaste que les rayons n'y pénétraient pas complètement. Aux colonnes qui l'encerclaient étaient suspendues des lampes splendides qui éclairaient d'une lumière douce une foule de femmes silencieuses.

Les explorateurs stoppèrent net sur le seuil avec l'impression d'être des intrus à un bal, jusqu'à ce qu'ils comprennent qu'ils avaient affaire à des statues. Ils progressèrent à pas lents, observés par des yeux de pierre dans des visages de pierre et par des prunelles en ivoire et lapis-lazuli incrustés dans des faces de bronze. Une tête grosse comme une maison gisait dans la pénombre ; des figurines pas plus longues que l'index d'Œuf jonchaient le sol. La plupart des sculptures avaient taille humaine, beaucoup étaient belles. Même les plus anciennes, choses boursouflées aux bouches ouvertes et aux orbites vides, devaient correspondre à l'idée que s'était faite de la beauté quelque artiste à la chevelure hirsute.

– Qui sont-elles ? souffla le garçon dans un murmure que l'endroit semblait exiger.

– Elle. Thalassa. Téthys. Tiamat. La Gorm. Sedna. Tianfei. Ce sont différentes représentations d'elle ou de l'image qu'en avaient les gens autrefois. Elle est vaniteuse. Elle a récupéré des idoles qui l'incarnent. Sans doute prises à des temples engloutis ou à des navires naufragés.

– Elles la rendent plus jolie qu'hier soir, marmonna Œuf, perturbé par tous ces regards sans vie.

– Elle est capable d'épouser n'importe quelle forme.

Will continua d'avancer. Certaines statues étaient

sous l'eau depuis si longtemps que leurs beaux visages étaient parsemés de bernacles. D'autres avaient été l'étambot ou la figure de proue d'un bateau antique, et leurs prunelles étaient peintes.

– Qui est donc la vraie Gorm ? voulut savoir Œuf. Qui est-elle, en réalité ?

– Ce que les humains considéraient jadis comme une déesse, j'imagine. À mon avis, elle est plutôt… une idée de la mer qui aurait pris vie. Auparavant, chaque île avait sa propre divinité. Si ça se trouve, c'est encore le cas pour certaines. Mais la Gorm était la plus puissante de toutes, car son pouvoir à elle n'était pas limité à la terre. Elle gouvernait l'ensemble du monde marin. Nous autres humains n'étions que ses jouets. Sauf que nous sommes devenus forts et, aujourd'hui, presque plus personne ne croit en elle. Elle a dû se résoudre à vivre loin de nous, dans cet endroit obscur qui se montre et se cache, comme si elle-même n'était plus très certaine de sa propre existence. Ne plus être vénérée doit lui manquer. Ça explique peut-être pourquoi elle a rassemblé cette collection.

Le plafond s'assombrit, et Will leva la tête. Au-delà du dôme vitré, le ciel virait au bleu soutenu caractéristique du soir. Les ultimes rayons du soleil s'effrangeaient sur les murs. Le bruit des vagues s'abattant avec régularité sur la grève était perceptible.

– La marée a changé, diagnostiqua Œuf.

Quelque chose bougea parmi les statues. Un éclat de couleur vif comme un colibri était sorti des lèvres d'une énorme figure. La créature resta dissimulée un instant puis vint voleter devant Will.

C'était un poisson, suspendu en l'air, qui agitait ses nageoires, ouvrait et fermait la bouche, ses yeux dorés fixant le jeune homme avec une telle expressivité qu'il se demanda si c'était la Gorm en personne qui l'observait à travers eux.

Will était conscient qu'il se trouvait dans l'univers de la Gorm. Si des îlots étaient en mesure d'apparaître et de disparaître, pourquoi un poisson n'aurait-il pas volé ? Les lois habituelles ne s'appliquaient pas ici. Mais il avait vécu vingt-deux ans dans un monde différent, et tout ce qu'il avait appris lui soufflait que, là où un poisson vivait et respirait, lui-même ne le pouvait pas.

Le fracas des vagues avait forci et s'adressait à lui :

– *Tu es au fond de la mer.*

De nouveau, il regarda en l'air et constata que l'élégant plafond en verre n'en était pas un, juste la surface vue d'en dessous. Les piliers qui le soutenaient n'étaient que des contreforts rocheux, la vaste salle rien qu'une caverne sous-marine. « Pas besoin de scaphandre pour ceux qui vivent dans l'enchantement du Gorm. L'eau leur est comme l'air », avait assuré Thurza Froy. Mais là, c'était comme si l'air *était* l'eau. Will sentit soudain sa pression. Elle mouilla ses vêtements. Quand il voulut prévenir Œuf, des bulles s'échappèrent de sa bouche.

– Qu'est-ce qui se passe encore ? s'écria le garçon en voyant son compagnon hoqueter et grimacer.

Lui n'avait pas vu le poisson. Ni les bulles. Dans le vacarme de la houle, il ne distinguait aucun mot. Pour lui, l'air était toujours de l'air, la salle, une salle.

De son côté, Will avait cédé à la panique. Les souvenirs de son naufrage l'envahirent et lui firent craindre d'être de nouveau au milieu des écueils des Trois-Sœurs. Les événements qui s'étaient produits depuis que *L'Aventurière* s'était échouée parurent être les rêves d'un homme qui se noie. Il tenta de nager vers la surface et l'oxygène, mais son tromblon et sa redingote le clouaient au sol, comme si ses poches avaient été remplies de galets. Il se débarrassa de son manteau qui tomba très lentement par terre, soulevant des flocons d'or rose étincelants. Œuf ne s'interrogea pas sur ce détail, trop occupé à regarder Will qui battait des jambes et des bras pour s'arracher aux fonds sous-marins et s'élevait maladroitement vers le ciel, nageant plus qu'il ne volait. Il finit par ne plus être qu'une silhouette de grenouille affolée dans la lumière crépusculaire.

– Will Noire ? hurla le garçon. Où est-ce que vous allez ?

Tout là-haut, le jeune homme transperça le plafond. Œuf se protégea le visage, par crainte des bris de verre, mais aucun ne dégringola. Quand il releva la tête, Will avait disparu.

– Il a filé comme un lapin, marmonna-t-il. Il m'a abandonné.

Il s'exprimait à voix haute en espérant que ça l'aiderait à calmer ses nerfs, sauf que ce fut l'inverse qui se produisit. Sa voix sonnait toute petite et seule dans le silence de l'immense salle. Les statues donnèrent l'impression de l'écouter.

Portant la main à sa poitrine, il caressa la pierre qui pendait à son cou. Chaude et sèche, elle le renvoya à la bonne terre sombre des Pitreries et aux chants d'Aish dans la forêt. Elle n'aurait pas eu peur d'un tas de statues, elle. Il n'avait donc aucune raison d'être effrayé. Il fixa les sculptures d'un air mauvais pour tenter de les impressionner.

C'est alors qu'il découvrit, abasourdi, que toutes n'étaient pas des statues.

À l'autre bout de la pièce, une dame en blanc l'observait. S'il ne put déterminer à quel moment exact elle était arrivée, Œuf fut sûr qu'elle n'était pas là une minute auparavant. Pâle comme du marbre, elle était aussi immobile qu'une pierre. Ses yeux bougeaient, cependant, et le nuage sombre de sa chevelure se tordait violemment autour de son visage. L'une de ses longues mains reposait sur l'épaule de la petite fille qui se tenait près d'elle, une fille qui n'était pas une statue non plus. Elle portait une robe de soie verte, ses doigts étaient chargés de bagues brillantes, et sa tête était couverte d'une fine couronne parsemée de bijoux luisants. Il fallut un moment à Œuf pour identifier Nuit sous tout cet apparat et, quand il croisa son regard, il devina qu'elle ne le reconnaissait pas. Ce qui le surprit, dans la mesure où lui n'était pas déguisé comme un sapin de Noël.

– Nuit ? dit-il en s'efforçant d'ignorer les prunelles glacées de la dame. Je suis venu te chercher.

38
NUIT LIBÉRÉE

Nuit se demanda comment cet impertinent connaissait son nom. Qui était-il ? Il paraissait si incongru dans le royaume de sa mère, à se tenir raide comme un piquet, les poings serrés, les pieds écartés, le menton relevé, prêt à se battre même s'il n'était pas de taille à l'emporter.

– Un bateau nous attend, reprit-il. Et ton oncle Will est ici, quelque part.

« Il s'appelle Œuf », songea Nuit. Comme elle ne savait pas trop d'où lui venait cette idée, elle douta d'avoir raison. Œuf... Ce n'était pas un prénom, ça.

La dame lâcha son épaule et marcha lentement jusqu'au garçon, ses yeux d'un gris polaire et ses cheveux pareils à un serpent sur le point de frapper. Dérouté par le regard de glace, Œuf s'obligea à lui parler :

– J'ai admiré vos statues. Elles ne vous ressemblent pas beaucoup.

La Gorm sourit. Pas d'un sourire doux comme celui de certaines de ses représentations. Les sculpteurs qui les avaient façonnées avaient tenté de faire paraître la déesse plus gentille qu'elle ne l'était en réalité. Le rictus qu'elle lui adressait était dénué de chaleur et moqueur, ses lèvres avaient une terne couleur bleue.

– J'ai eu bien des visages, répondit-elle d'une voix qui n'était qu'échos. Ne suis-je pas magnifique ?

Œuf haussa les épaules.

– Tu aurais dû partir avec ton maître, poursuivit-elle. J'ai décidé de me montrer clémente pour satisfaire Nuit. Mais tu es resté. Je te conseille de t'en aller maintenant, avant que je te noie.

Le garçon pensa avec envie au voilier, et il faillit détaler. Il se ressaisit.

– D'accord, je vais vous laisser, lança-t-il, mais Nuit rentre à la maison avec moi.

La dame ouvrit une bouche étonnamment grande et émit un son terrifiant. Elle hurla comme un vent de tempête traversant l'Atlantique pour frapper les Déferlantes de ses vagues déchaînées. Pour la première fois, Œuf crut vraiment que cette créature était la même que celle qui avait ravagé son île la veille.

– Nuit doit rester ! s'époumona la Gorm.

Têtu, Œuf affronta le cyclone de la colère qu'il avait déclenchée.

– De quoi je me mêle ? s'indigna-t-il. C'est à Nuit de décider, non ?

Il regarda la petite fille, qui n'avait pas bougé. Elle battait des paupières comme une somnambule.

– Tu n'as pas envie de rentrer chez toi sur les Déferlantes ? lui demanda-t-il.

Elle lutta pour tenter de se rappeler ce que signifiait le mot « déferlantes ». Elle pensa à une fenêtre surplombant la mer, le soir.

– Je suis chez moi, répondit-elle. Cette dame est ma mère.

– *Pff!* Drôle de mère ! Elle t'a enfermée dans une bourse de sirène et t'a balancée à Andrew Noire comme de la menue monnaie.

Avec le geste désabusé d'un garçon qui en connaît un rayon sur le monde, il ajouta :

– Ce n'est pas parce qu'elle est ta mère que tu es obligée de vivre avec elle. Sauf si tu le veux. Moi, par exemple, j'ai quitté mon père, parce que c'était un sale type cruel. Aish et les gens des Pitreries ont été une meilleure famille que lui. J'ai bien l'impression que ta mère est aussi cruelle que lui. Elle a un sale caractère, je l'ai vu hier quand, immense comme le ciel, elle a piétiné les moutons en braillant à tue-tête. Elle peut t'offrir de jolies robes et des diamants, ça ne veut rien dire. Je suis sûr que ton oncle Will, M. et Mme Skraeveling de la vigie sont une meilleure famille pour toi.

« Oncle Will, les Skraeveling, la vigie… » Ces mots réveillèrent des images dans l'esprit de Nuit, vives et claires comme celles d'une lanterne magique. Tout paraissait lointain et ancien, mais elle revoyait maintenant la vie qui avait été la sienne. La maison appelée la vigie du Crépuscule, dont elle avait été pendant quelques mois la gardienne. Sa chambre, la tortue sculptée sur le pilier central de l'escalier. Mme Skraeveling qui faisait de la pâtisserie dans la cuisine, les manches roulées sur ses avant-bras, de la farine sur son visage rougeaud, et M. Skraeveling qui s'activait dans le jardin. Nuit eut le sentiment d'avoir beaucoup aimé cette vie-là.

Elle serait triste d'y renoncer définitivement.

Œuf contemplait son amie, heureux de voir qu'elle échappait lentement au sortilège dont elle était victime, satisfait d'être son libérateur. Il ne remarqua pas que la dame se rapprochait et ne comprit le danger qu'au moment où elle arrachait la pierre qu'il avait autour du cou.

– Hé ! C’est à moi ! cria-t-il.

La ficelle cassa. La Gorm soupesa le talisman.

– Ha ! ricana-t-elle. De la magie de la terre. Un malheureux caillou qui n’a jamais connu la mer. Une stupide créature des collines l’a embrassé et enchanté. C’est donc pour ça que tu n’as pas entendu mes avertissements et que tu ne t’en es pas allé avec l’autre. Sache cependant que cette pierre n’a aucun pouvoir sur moi.

Sur ce, elle la goba comme un bonbon et sourit.

– Nulle magie terrestre ne te sauvera, mon garçon, enchaîna-t-elle. La marée monte.

Effectivement, constata Œuf avec frayeur. Des ombres profondes tourbillonnèrent autour de lui, qui cessèrent d’être des ombres pour ne plus être que la mer. Quand elle le submergea, il devina qu’il subissait à présent ce que Will avait vécu un peu plus tôt et, comme lui, il se mit à agiter les bras et les jambes pour tenter de se hisser vers la surface. Malheureusement, la dame l’attrapa par ses cheveux roux et le maintint au fond.

– Mère ! hurla Nuit.

C’était la première fois qu’elle l’appelait ainsi, et elle regretta que ce soit dans des circonstances aussi atroces. Elle ne voulait pas d’une mère qui tire un froid plaisir à noyer les gens.

– Je vous en prie, mère, lâchez-le.

La Gorm l'ignora, le regard rivé sur le visage terrifié d'Œuf. Elle avait si souvent été témoin de ce que la mer faisait aux humains. Elle ne s'en lassait pas. Les yeux apeurés du gamin qui roulaient dans leurs orbites ! Les jolies bulles qui s'échappaient de sa bouche chaque fois qu'il essayait de respirer et buvait la tasse ! Quand il serait mort, elle le pendrait dans les profondeurs avec les autres.

– Mère ! Je *veux* rentrer avec lui !

Pour le coup, la dame en oublia sa proie et dévisagea sa fille avec stupéfaction. Dessous couvait une colère grandissante.

– Tu appartiens à la mer, Nuit, pas à la terre !

– Pourquoi ? Pourquoi ne puis-je pas appartenir aux deux ?

Les prunelles de la Gorm étaient blanches, comme givrées.

– Je t'ai ramenée chez toi, Nuit. Je t'ai offert des cadeaux. Tu es liée à moi.

– *Blulblu...*, fit Œuf.

– Désolée, mère, je ne peux pas choisir. Je ne peux pas. J'aime les deux éléments.

Se rappelant ce qu'elle avait lu dans le journal de bord de la Gorm, elle poursuivit :

– Vous vous êtes interrogée pour savoir comment les mortels réussissaient à vivre sur terre alors qu'ils étaient condamnés à mourir et que leur territoire finirait par être submergé. C'est parce qu'ils ont des amis et des proches. Ils ont des tableaux, de la musique, des histoires. Ils ont le sol et ce qui y pousse, et ils en aiment la moindre parcelle comme vous aimez la mer. Voilà pourquoi je ne souhaite pas choisir. J'aime les deux. Mais si vous me forcez à le faire, alors j'opterai pour les Déferlantes. C'est là que j'ai toujours vécu. C'est là qu'est ma place.

Sa mère ne la comprit pas. Comment aurait-elle pu ? Elle avait ressenti de la satisfaction depuis que la première tempête s'était déchaînée sur le premier océan. Que savait-elle des amis, de l'amour, d'un foyer chaleureux ? Ça expliquait pourquoi elle n'avait su offrir que des présents à Nuit.

Cette dernière se regarda, ainsi que toutes les jolies choses qu'elle avait reçues, la robe de soie verte, les bagues. Elle contempla le bracelet de pâquerettes autour de son poignet, le premier cadeau de la dame, son préféré. Malheureusement, les cadeaux étaient susceptibles de vous attacher à la personne qui vous les avait donnés. Or, Nuit aspirait à sa liberté.

D'un geste délibéré, elle leva le bras et, de son autre main, cassa le bracelet. Lorsque les fleurs s'éparpillèrent, elle se rendit compte qu'elles n'étaient que des bouts de corail rose.

– Nuit, dit la dame dans un murmure de vaguelette se brisant sur les galets.

Elle lâcha Œuf, qui s'écrasa sur le sol, le nez dans le sable. Les prunelles de la Gorm virèrent à un gris plus doux, puis au bleu. S'en échappèrent deux larmes. Un instant, elle eut l'air si triste et solitaire que Nuit sentit qu'elle aussi se mettait à pleurer. Puis sa mère baissa la tête, ses épaules s'affaissèrent, et ses genoux se dérobèrent. Elle s'écroula comme une poupée dont le marionnettiste vient de se souvenir qu'il a mieux à faire ailleurs. Elle tomba aux pieds de la petite fille, gisant immobile comme une malheureuse noyée abandonnée sur le sable humide, ses cheveux cachant son visage.

Les lampes dégringolèrent à leur tour. Au lieu de se briser, elles atterrirent avec un bruit sourd ou se perchèrent sur les têtes des statues, tels de vilains chapeaux détrempés. Ce n'étaient pas des lampes, rien que de grosses méduses luisantes. Quant à la magnifique salle qu'elles avaient éclairée, elle n'était plus qu'une grotte marine sur une grève déserte.

Nuit s'approcha d'Œuf.

– Je me suis noyé, lui dit-il en ratissant lentement le sable. Enfin, je crois.

– Non. Non, Œuf. Ceci est la terre si nous le désirons assez. La terre et l'air. S'il te plaît, Œuf…

Il avala une grande goulée d'oxygène, puis une deuxième, s'assit et regarda son amie.

– Tu es couverte d'algues, lui fit-il remarquer.

Nuit s'inspecta. Il avait raison. La splendide robe verte s'était transformée en un monceau d'herbes gluantes, rappelant la tenue de Cendrillon redevenue haillons aux douze coups de minuit. Ses bagues n'étaient plus qu'un amas de bernard-l'ermite qui s'agrippaient à ses doigts. Nuit se débarrassa des algues, révélant dessous sa robe de coton salie. Elle envoya valser les crabes et arracha sa couronne, dont elle découvrit qu'elle n'était qu'une ficelle parsemée de patelles.

Œuf se pencha sur la dame.

– Elle est morte ? demanda-t-il.

– Je ne crois pas qu'elle soit mortelle. Son humeur a changé, c'est tout, et elle aura pris une apparence qui lui est mieux adaptée.

Elle ignorait cependant laquelle. Sous quelle forme se manifestait le chagrin de la Gorm ? Et combien de temps il faudrait pour qu'il se métamorphose en colère. Même ici, dans les profondeurs du large, le varech était susceptible de devenir des muscles, et les muscles des membres…

– On ferait mieux d'y aller, alors, décréta Œuf. Elle a failli me tuer, bien que je sois trop coriace pour elle. Mais même moi, je n'arriverai pas à la battre si elle décide de se transformer de nouveau en tas d'algues géant. On doit aussi retrouver ton oncle. Si je ne le ramène pas vivant, Aish me fera la peau.

À l'extérieur de la grotte, dans la lumière vespérale, la marée montait et les vagues explosaient en gerbes d'écume au milieu des rochers.

– Va-t'en ! rugissaient-elles à Nuit. Va-t'en, petite ingrate ! Va-t'en !

39
EN PLEINE MER

Les enfants titubèrent sur les rochers abrupts et glissants jusqu'à l'entrée de la caverne. Dehors, il n'y avait plus une trace d'un quelconque palais, juste des falaises vertigineuses sculptées par la mer en divers pics, arches et cheminées solitaires. Ce qui avait évoqué des escaliers n'était que des empilements de pierres, et les jardins des bouquets d'algues et de corail. Main dans la main, Œuf et Nuit s'aidèrent mutuellement à escalader l'enchevêtrement de rochers et à s'orienter dans le labyrinthe de flaques, tandis que le fracas du ressac se faisait de plus en plus menaçant. Nuit se retourna et constata que la caverne avait disparu sous les eaux, surplombée par un ciel où apparaissaient les premières étoiles.

– L'île s'enfonce ! s'exclama-t-elle.

Œuf se retourna à son tour. Des trous s'ouvraient dans les nuages, par lesquels on distinguait la mer et les astres.

– C'est comme si nous n'étions que des acteurs de théâtre, murmura Nuit. Mais comme la fin ne correspond pas à ce qu'avait en tête la dramaturge, elle a décidé de retirer les décors et de remonter les toiles de fond. J'apprécierais quand même qu'elle nous laisse le temps de quitter la scène…

Fallait-il qu'elle interpelle la Gorm et lui demande pardon ? Les vagues se brisaient sur la côte avec une telle violence cependant, expédiant des embruns blancs hauts comme des immeubles de trois étages, que Nuit doutait que sa mère soit d'humeur à l'écouter.

Ils accélérèrent. Partout, les falaises se dissipaient telle la brume dispersée par un vent fort. Les rochers sous leurs pieds perdaient de leur texture, à croire qu'ils avaient oublié qu'ils étaient censés être solides.

– Il est loin, ton bateau ? cria Nuit par-dessus le vacarme.

– Non.

Soudain, les galets se dérobèrent sous le poids de la petite fille, qui plongea dans l'eau glacée. Après s'être enfoncée, elle refit surface, toussa et découvrit qu'elle était en pleine mer. À côté d'elle, Œuf émergea à son tour. Nageant l'un près de l'autre, ils se mirent à tourner en ronds maladroits. Nuit pria pour trouver un bout de récif affleurant auquel s'accrocher. Œuf espéra que la plage sur laquelle Will et lui avaient hissé le canot avait été épargnée ou, au moins, l'embarcation elle-même. Malheureusement, il semblait bien que toute l'île ait disparu.

– Cette fichue Gorm n'a jamais envisagé de nous laisser nous échapper, lâcha-t-il avec amertume.

– Je ne crois pas qu'elle envisage quoi que ce soit. Elle suit ses humeurs, c'est tout. Parfois ça va, parfois elle est en colère.

– C'est le cas en ce moment.

Le garçon inspecta les alentours, par crainte que des tentacules géants ou des mains de varech ne surgissent pour l'entraîner vers le fond.

– Elle est en rage contre moi, parce que je t'ai enlevée à elle, et en rage contre toi parce que tu l'as quittée.

Nuit n'en était pas sûre. Elle savait que, d'une certaine manière immense et marine, la Gorm tenait à elle. Elle n'était pas en colère contre Nuit, juste contre le choix qu'elle avait fait.

Les enfants flottèrent en silence durant un bon moment, soulevés par la houle qui possédait son rythme bien personnel, comme s'ils avaient été juchés sur la poitrine d'un immense animal qui respirait. Ils ne tardèrent pas à être gelés et se mirent à claquer des dents. Les vagues énormes luisaient comme des montagnes de glace. Tout à coup, l'une d'elles, plus grosse que les autres, les hissa si haut que Nuit distingua, à quelques encablures, le diamant blanc d'une modeste voile.

– Œuf ! hurla-t-elle en le secouant par l'épaule trempée de sa chemise.

– Ici ! Par ici ! crièrent-ils tous les deux.

Ils agitèrent leurs mains engourdies pour signaler leur présence, et comprirent qu'ils y étaient parvenus lorsque le voilier s'orienta vers eux. Ils le perdirent de nouveau de vue puis, soudain, il fut tout proche. Œuf agrippa le plat-bord au moment où l'embarcation les frôlait, et Nuit s'accrocha au garçon.

Oncle Will les aida à se hisser à bord.

– Nuit ! Œuf ! s'exclama-t-il en riant de soulagement (à moins qu'il ne pleure, difficile à dire). Dieu soit loué, vous n'avez rien. J'ai eu peur que...

Il s'interrompit, rechignant à admettre qu'il les avait crus morts. Lorsqu'il avait lui-même refait surface, il avait constaté que l'île avait disparu. À maintes reprises, il avait plongé dans l'espoir de localiser Œuf, mais les palais sous-marins s'étaient volatilisés. La Gorm l'avait exclu de son enchantement et il s'était retrouvé au milieu de l'océan, sombre, froid et dangereusement profond.

La seule chose qui subsistait, épargnée par les flots, était le canot de Thurza Froy, qui dérivait, heureusement assez près de lui pour que Will puisse le rejoindre à la nage. Depuis, il avait vogué dans les parages, scrutant les vagues, guettant des indices prouvant l'existence du royaume de la Gorm sans en trouver aucun, appelant les enfants à intervalles réguliers. Il avait été sur le point de renoncer quand il les avait enfin aperçus.

Il les installa au fond du bateau et les enroula dans les couvertures que Mme Skraeveling avait eu la bonne idée d'entasser sous le banc.

– Je n'en reviens pas ! ne cessait-il de répéter. J'ai l'impression de me réveiller après un cauchemar. Tout semblait perdu, et voici que tout est bien qui finit bien.

– Tout finira bien si vous arrivez à nous ramener aux Déferlantes, marmonna Œuf entre deux claquements de dents. On n'est pas encore là-bas, et je ne serais pas étonné qu'on croise des monstres.

Il y en avait un, en effet, Nuit le savait. Elle sentit que la Gorm les observait depuis les tréfonds marins, tandis qu'oncle Will changeait de cap dans de grands claquements de voile. Elle perçut sa masse enchevêtrée affleurer comme un banc de sable juste en dessous de la quille. Un corps d'algues et de débris de naufrages aussi gros qu'une montagne engloutie, qui était tout autant sa mère que la dame en blanc.

Nuit regarda vers l'ouest, où les derniers vestiges du soleil coloraient encore le ciel. Elle vit alors que la mer était parsemée d'îles. Certaines plates, d'autres montagneuses, certaines hérissées de forêts et de rochers escarpés. L'une d'elles paraissait être montée sur pilotis, et des cascades d'eau claire en dévalaient les bords. Sur une autre s'élançaient des tours orgueilleuses. Nuit les contempla en s'efforçant de n'en louper aucune et de les fixer dans sa mémoire. Elle comprit que la Gorm lui montrait toutes les Terres Cachées qu'elle aurait pu visiter si seulement elle était restée. Toutes les Terres Cachées qu'elle pourrait encore visiter si elle décidait de revenir...

Nuit pensa à quel point sa mère était seule, et ses yeux se remplirent de larmes. Elle eut l'impression d'être une criminelle, une fille ingrate qui avait brisé le cœur maternel. Essuyant ses paupières, elle constata que les lumières avaient disparu, en même temps que les îlots. L'océan désert roulait sur lui-même jusqu'à l'horizon.

Will tenait la barre, et les enfants se blottirent dans l'angle de la proue pour se protéger du vent et des embruns. Le bateau était de bonne facture, et il avait laissé passer peu d'eau. Enroulée confortablement dans sa couverture, Nuit réfléchit à la mer. Au bout d'un moment, elle perçut que le vent avait changé de direction. Il soufflait de l'ouest, à présent, poussant le canot sur la houle. Peu après, elle leva la tête et distingua un cône de lumière dans l'obscurité, droit devant. L'éclat en était trop intense pour qu'il s'agisse d'une étoile.

– Oncle Will ! Regarde !

– J'ai vu, oui. Ils auront allumé une lampe à la vigie pour nous guider.

Le vent forcit, et le voilier fila. Will garda l'œil rivé sur la lumière jusqu'à ce que le jour se lève et l'efface dans la splendeur d'un soleil triomphant. Mais le jeune homme n'en avait plus besoin. Les collines familières des Déferlantes se dessinaient clairement au-dessus des vagues.

40
Retour à la maison

Aish n'avait pas dormi une seconde, entretenant le feu qu'elle avait allumé sur la falaise, au-dessus de la baie de l'Homme-Blême. C'était un beau feu doré où crépitait un bois de qualité récolté sur la terre ferme, et tous souhaitaient qu'il guide les aventuriers égarés jusqu'à leur foyer. L'un après l'autre, les Skraeveling et les Bonnefoy avaient commencé à somnoler et étaient partis se coucher, jusqu'à ce qu'il ne reste plus dehors que la femme-troll qui alimentait scrupuleusement son brasier.

Aux premières lueurs du jour, notant que les Terres Cachées avaient disparu, elle faillit perdre espoir. Quand elle repéra la voile sur la mer grise du matin, elle n'en crut pas ses yeux.

Ses cris enthousiastes réveillèrent toute la maisonnée. M. Skraeveling et le révérend allumèrent des lanternes et les installèrent sur les restes fragiles de la tour de façon à ce que Will puisse en suivre la lumière jusqu'à la côte sans se fracasser sur les récifs. Les femmes descendirent des couvertures sur la plage. Une troupe de badauds venue de Marazea, des Pitreries et de Bon-Port se rassembla pour assister à l'arrivée du gardien. Quand le canot accosta, il fut accueilli par de bruyants cris de joie, qui devinrent encore plus enthousiastes quand on découvrit que tout le monde était vivant.

Bravant courageusement les vagues, Lucy et Horatio se joignirent aux villageois pour tirer l'embarcation à sec. Mme Skraeveling et Mme Bonnefoy passèrent des couvertures aux rescapés et les régalèrent d'un verre d'eau-de-vie purement médicinale. Dans sa joie, Aish souleva Œuf et le fit virevolter, puis elle prit Nuit dans ses bras et la serra avec une telle force que celle-ci eut l'impression que la femme-troll essayait d'essorer ses vêtements de toute l'eau de mer qu'ils contenaient. Lorsqu'elle s'approcha de Will, elle parut intimidée durant une seconde avant de l'attirer à elle et de l'embrasser.

Comme le jeune homme ne semblait pas s'en offusquer, Nuit en conclut que la prédiction d'Œuf d'un mariage avant l'été risquait de devenir réalité. Elle se demanda comment le couple tiendrait, car elle n'imaginait pas Aish emménageant dans une maison ordinaire, ni oncle Will s'exiler aux Pitreries, mais elle fut heureuse qu'il ne soit plus seul. En plus, ça lui permettrait de moucher Lucy Bonnefoy (« Je te l'avais bien dit. »). Somme toute, la perspective de cette union n'avait que du bon.

On parla de prendre le petit déjeuner à la vigie.

– Trois hourras pour M. Noire ! lança le révérend en brandissant son chapeau. Pour Œuf et Nuit aussi. Ils ont vaincu la mer ! Hip, hip, hip...

– Hourra ! s'égosilla la foule. Hourra ! Hourra !

Tandis que les autres commençaient à remonter, Nuit s'attarda sur la grève, flanquée de Will. Les vagues de la baie paraissaient sombres comme du vieil étain.

– Le révérend se trompe, dit Will. La mer n'est pas vaincue. La Gorm non plus. Mais elle ne nous a pas noyés alors qu'elle en avait la possibilité. Elle nous a autorisés à rentrer sans encombre chez nous. Jusqu'à présent, aucun navire n'était revenu entier d'une expédition vers l'ouest et les Terres Cachées.

– Oui, acquiesça la petite fille.

Elle se demanda si ce qu'elle avait dit à la Gorm et qui, sur le moment, lui avait paru puéril, avait eu plus d'impact qu'elle ne l'aurait cru sur l'étrange cœur de sa mère.

– Je crois qu'elle sera plus gentille, maintenant, reprit-elle. Je pense que... ce ne sera pas une amitié entre la mer et la terre, car c'est inconcevable, mais peut-être une sorte de trêve.

Will contempla sa nièce. Était-il possible qu'elle soit réellement l'enfant de la Gorm, couvée dans une bourse de sirène ? Ça semblait improbable, à présent, aussi improbable que ses souvenirs des Terres Cachées qui se dissipaient rapidement. Il perçut le chagrin de la petite fille.

– J'ai quitté les Déferlantes, lui rappela-t-il d'une voix douce, et j'ai été très malheureux lorsque j'ai dû y revenir. Te trouver à la vigie a été une grande surprise, mais je me suis vite aperçu que M. Skraeveling avait raison quand il a affirmé que tu étais exactement ce dont avait besoin le manoir. Tu l'illumines comme un rayon de soleil lors d'un après-midi lugubre. Et où en serais-je dans ma mission de gardien sans mon assistante ? Qui sans toi caresserait la tête de cette pauvre vieille tortue dans l'escalier, puisque mes mains sont devenues trop grandes ?

Il éclata de rire, recouvra son sérieux et ajouta avec maladresse :

– Ce que j'essaie de te dire, c'est que tu m'es très chère, Nuit Noire, et que je suis content que tu aies choisi de revenir vivre chez nous.

La Gorm aussi tenait à elle, pensa Nuit, bien qu'elle-même soit contente de sa décision. Elle savait que la vigie lui manquerait si elle partait. C'était là qu'elle avait grandi, et là que vivaient tous ses souvenirs d'enfance. Sauf qu'elle ne serait pas toujours une enfant. Elle se remémora toutes les îles que lui avait montrées la Gorm. Une mer pleine d'îles ne demandant qu'à être explorées.

– *Nuit!* chuchotèrent les vagues. *Nuit!*

Elle comprit alors que, quand elle serait prête, elle répondrait à leur appel, descendrait les longues pentes des Déferlantes et se rendrait dans les jardins sous-marins des palais de sa mère.

– Hé, ho, venez, Will Noire! lança Œuf qui patientait avec Aish en haut de la plage. Viens, Nuit! Sinon, ils auront avalé tout le petit déjeuner avant que nous arrivions.

Will hissa Nuit sur ses épaules, et ils grimpèrent la falaise avec Aish, qui tenait le jeune homme par la main, et Œuf qui galopait devant. Ensemble, ils traversèrent la pelouse pour rejoindre la lumière et les rires de la maison.

Dans leur dos, la plage était déserte, et la mer les observait, aux aguets.

Remerciements

Il m'a fallu du temps pour achever ce livre, qui n'aurait peut-être jamais vu le jour sans l'aide et les conseils avisés de mon agent Philippa Milnes-Smith, de mon éditrice Liz Cross, et de ma très chère amie Sarah McIntyre qui lit toujours mes histoires avant les autres et se montre si encourageante que je suis obligé de continuer. (Désormais, tous les livres mériteraient d'être signés Reeve et McIntyre.) Merci également à Paddy Donnelly pour la couverture et les illustrations superbes, à Sue Cook et Julia Bruce pour leurs relecture et corrections, ainsi qu'à tous ceux qui ont accueilli Nuit chez DFB. Et bien sûr, comme toujours, merci à Sarah Reeve qui a protégé notre petite île du Dartmoor, la rendant assez douillette pour que j'y écrive en paix, tandis que les tempêtes de 2020 faisaient rage alentour.

L'AUTEUR

Né en 1966 à Brighton, en Angleterre, **Philip Reeve** vit avec sa femme et son fils dans la région du Dartmoor. Il a d'abord été libraire avant de devenir illustrateur puis auteur à succès. Avec *Mécaniques fatales*, paru en 2001, il signe son premier roman, qui reçoit un accueil enthousiaste. Porté à l'écran par Peter Jackson en 2018, il s'agit du premier tome d'une série époustouflante qui comprend trois autres volumes. Véritable Jules Verne contemporain, écrivain éclectique et plein d'humour, Philip Reeve sait aussi bien créer des mondes fantastiques, tels ceux de *Planète Larklight* ou de *Nuit Noire*, que s'approprier des univers légendaires comme celui du roi Arthur et des chevaliers de la Table ronde, qu'il a revisité dans *Arthur, l'autre légende*.
Philip Reeve a reçu de nombreux prix littéraires, parmi lesquels la Carnegie Medal et le Smarties Prize.

Du même auteur chez Gallimard Jeunesse

Mortal Engines (Tom et Hester)

1. Mécaniques fatales
2. L'Or du prédateur
3. Machinations infernales
4. Plaine obscure

Qui a peur des dragons ?

Planète Larklight

Le papier de cet ouvrage est composé de fibres naturelles, renouvelables, recyclables et fabriquées à partir de bois provenant de forêts gérées durablement.

Mise en pages : Maryline Gatepaille

Loi n° 49-956 du 16 juillet 1949
sur les publications destinées à la jeunesse
ISBN : 978-2-07-516834-2
Numéro d'édition : 431907
Dépôt légal : mars 2024

Imprimé en Italie par Grafica Veneta S.p.A